ちくま文庫

小説 浅草案内

半村良

筑摩書房

目次

小説　浅草案内

第一話　横丁の猫

夜中のカラオケの音に用心して住む場所を探したおかげで、その小さなマンションの五階は案外静かだった。

「お前はもともと下町の人間なんだし、だいいち世田谷《せたがや》なんぞに住む柄《がら》じゃねえんだ。どうせ東京へ戻ってくるんなら下町にしろ」

旧友の一人が酔っ払って、からむようにそう言ったとき、私はなるほどそれもそうだと思った。

思ったとたんすぐ動いてしまうのが思慮のたりないいつもの癖で、考えがあさはかなところは行動力で補っていると、自分では勝手にそう思っている。

で、翌《あく》るあさ泊まっている新宿のヒルトン・ホテルをとびだし、地下鉄に乗って浅草へ行ってしまったのだ。

仲見世《なかみせ》には平尾がいる。親の代からの鞄屋《かばんや》だ。昔の仲間はすまいが変わったり、会社がどこにあるか判らなくなったりしているが、中にはひとつところに何十年も同じ商売を続けていて、会おうと思えばいつでも会える奴《やつ》も何人かいる。

平尾がその一人で、彼のおやじさんに玉撞《たまつ》きで挑戦したことが何度かある。今から三十年も前のことだ。

四つ玉で手合せをしてみると、これがとんでもない名手で、私は手もなくひねられてしまった。

そのおやじもとうに亡くなって、今は息子の平尾英介が仲見世の鞄屋の旦那《だんな》だ。

「よう。また現われたな」

雷門を入って、敷石をとりかえたので昔よりは随分歩き易《やす》くなった仲見世の、だいぶ奥へ行ったあたりの左側にある鞄屋の店先で、平尾英介は私の顔をみるなりそう言った。

「女物ばかりじゃないか」

私は狭い店の中を見まわして言う。久しぶりの挨拶は抜きだ。店の中にはハンドバッグやポシェットのたぐいがびっしりと並べられ、壁など見えはしない。

「姉さんのほうに置いてある」

平尾は店を出て歩きはじめそうな気配を示した。私が鞄を買いに来たとでも思ったのだろうか。平尾の姉さんの家が、もう少し宝蔵門寄りの右側でやはり鞄屋をやっている。

「そうじゃない。家を探しに来た」

平尾が目を丸くした。子供のころから、ちょっとおとなびた感じのする美男だった。だから若旦那時代は、その若旦那という役どころが滅法似合ったが、五十を過ぎた今ではいい男の分だけ少し軽めである。でも、軽いのが浅草っ児《こ》の特徴だから、それはそれで結構な風情だ。

「しばらく静かにしてると思ったら、やっぱりそんなことか」

平尾はそう言うと、小さな手提鞄を小脇にかかえ、

「ファニーへ行こう」

と、店の横の通路を抜けて裏の通りへ出て行った。

薄曇りの冷たい風が吹く日で、雷門から一直線に並んだ仲見世の赤い色が妙に沈みこんで、不景気な感じだった。

伝法院《でんぼういん》通りもまださむざむとした感じだ。

「男がそういうちっちゃい鞄を持つの、はやってんな。なんて言うんだい」

「メンズバッグ……セカンドバッグかな」

鞄屋のくせに平尾の答は頼りない。次のちん横通りの角に、表側がガラスばりの喫茶店があった。平尾はその店のドアをあける。

「こんな店、あったかな。憶えてねえや」

　中へ入って私は店内をみまわした。まだ新しい感じがする。

「コーヒー頂戴《ちょうだい》」

　平尾はカウンターの中にいる、マスターらしい男に言った。

「俺もおんなじ」

　私はバーバリーのレインコートを脱ぎながら言った。注文はコーヒー二つだ。マスターはたしかに頷《うなず》いている。しかし平尾ははっきり、コーシー頂戴、と言った。このあたりでは、ヒとシを混同したって昔から誰もなんとも言いはしない。

　平尾……正確にはシラオと発音すべきなのだろうが、とにかくその旧友と向き合って坐《すわ》り、ふと外を見ると〈大黒家《だいこくや》〉の看板がうすぼんやりと光っている。看板なんか浅草あたりでもとうにセンサーを使ってつけたり消したりしているんだろう。曇っているから三時をちょっと過ぎたくらいで、もう灯《あか》りが入ってしまったのだ。

「大黒家さん、相変わらず繁昌してるのかい」

「そりゃもう」

　平尾は微笑した。

「がんばってるよ。でもな、こないださ、グルメって奴がいるだろ。食通だなんて自分で言い触らしてる奴だよ」

「ああ、近ごろ多いようだな」

「そういう評論家に、雑誌でクソミソに書かれちゃったんだよ。若旦那がカンカンになってた」

聞いて私もムカッとした。〈大黒家〉の天丼なんて、昔からちっとも変わってやしない。変えないように努力してる店だ。昔っから下町のみんなの店だった。

「若旦那にそう言っとけよ。そんなの気にすんなって。俺たちがついてらあ」

最低、年に一回は平尾に会っている。その一回は大晦日《おおみそか》から元旦にかけての夜中。つまり初詣のときだ。親の代から観音さまへ初詣をしないと縁起が悪いと思っている。それがこの三年、初詣に来そびれた。北海道へ行っていたからだ。

「北海道に三年か……」

コーヒーが来て、平尾がコーシーをスプーンでかきまわしながら言う。

「三年だ」

「とどのつまり、か」

平尾はニヤリとしてみせる。

「気の弱り、さ」

「どこらへん……」

久しく忘れていた、下町の子同士の喋《しゃべ》り方がはじまっていた。委細承知と面倒なことはみなのみこんで、会話が要点から要点へと飛躍する。

スポーツ中継風にくどく解説すればこうだ。

平尾とは最低、年に一度は会うと言った。しかし私の生活に波乱が起きると、ちょいちょい浅草へ顔を出すようになる。

浅草は私の気を安めてくれ、ゴタゴタの渦中《かちゅう》にいる自分を、昔の子供の位置から眺《なが》めさせてくれる。そうすると、苦になっていたことが苦にならなくなり、欲しがっていたものが欲しくなくなる。

平尾はずっと以前から、私のそんなところに気付いているらしく、浅草へ頻繁《ひんぱん》に現われるようになると、何かあったのだと思うのだ。

それがまる三年、北海道へ行って姿を見せず、突然戻ってきて家を探すと言う。お互い同級生だから年齢のことは判り切っていて、だからゴタゴタはもうおわりだろうと思ったのだ。

で、とどのつまりは浅草ぐらしか、とからかったのだ。

ふるさとへ　まわる六部《ろくぶ》の　気の弱り

そんな句も、寄席の高座からの知識で共有している。だからさらりと聞き流し、浅草のどのへんに住む気だと尋ねたのだ。

「彦六《ひころく》さんみたいな長屋がいいな」

私は勝手なことを言った。

「そんなのねえよ」

案の定平尾は言下に否定する。

「二階だての長屋のまん中くらいでさ、軒先に、小説書きます、って札《ふだ》をぶらさげたい」

「永谷《ながたに》が廃業したんだ」

「富士通りのか」

その昔、みんなでちょっと遊んだ料亭だ。

「マンションにするって噂がある」

「いつできる……」

「まだ以前のまんま」

「それじゃ間に合わねえ」

「本気だな」

「うん」

「探しとく」

平尾は軽くうけ合って、カウンターのほうを指さした。

「そういうことなら紹介しとく。ここのマスターは小学校の同級生」

マスターが私に笑顔を送ってきた。平尾と私は中学からの同級生だ。

「オーデオにうるさくってな。この店だって随分金かけてる」

「儲《もう》かりませんよ、音はタダだから」

マスターは照れ臭そうに言った。

それが二月の末。引っ越したのは三月の末。平尾のかみさんのつてで、できたてのマンションの五階へ荷物を運びこんだ。

場所がなんと見番《けんばん》のうら手。日照権の関係で四階から上がセットバックになっているから、ベランダがかなり広い。そのベランダから見ると、観音さまの本堂も五重塔も目と鼻の先だ。

小説を書くのが商売だから、普通の人よりは本の数が少し多い。それをぽつぽつ片づけて、一応すまいらしい恰好《かっこう》がついたところで掃除ということになった。

埃《ほこり》をはたいて掃除機をかけて、と、そこまでは一人でなんとかやれるが、問題は拭《ふ》き掃除だ。新築だから工事中の埃も多いし、それよりも何よりも、腹の出た五十幾つのおっさんが、四つん這《ば》いの雑巾《ぞうきん》がけはちと苦しい。

そこで平井へ電話をかけた。平井というのは江戸川区の平井だ。

「武《たけ》ちゃんいる……」

これも旧友の一人で本名は大山武雄。

「どうもどうも。帰ってきたんだってね、浅草へ」

私に、浅草へ帰ってきた、という言い方をしたのはこの男が最初だ。さすがに橘家《たちばなや》の師匠だけあって、人をいい気分にさせるコツを知っている。

「引っ越しでさ。一人貸してくんないか」

「ああ、いいですとも。誰にする……あたしが行こうか」

橘家円蔵に来られたって仕方がない。

「鷹蔵《たかぞう》どうしてる……」

前座のころは平井の橘家に住みこんでいた。そのころの名前は、かがみ。

「いま池《いけ》の端《はた》に住んでる。じゃあ鷹蔵をやるわ」

で、その色白でひょろっとした二つ目の橘家鷹蔵がやってきた。コキ使われるのはてる。

覚悟の上と、作業ズボンに古スリッパ持参だ。

私も浅草へきたらすっかり気楽になって、綿シャツ綿パン雪駄《せった》ばきで外をうろつ

「あ、箒《ほうき》とちりとりがねえな。よし、買ってこよう」

と、近くの雑貨屋でそれを買ったら、その店のおやじさんがあとを追ってきて、三百何十円かの領収書を渡してくれた。多分近くで内装工事か何かをやっている人間だと思われたのだろう。浅草の人はみんな気がきいて親切だ。

鷹蔵はしなやかな細身の体を小まめに動かして、隅《すみ》から隅まできっちり丁寧に拭いてくれている。

「仕事は……」

お世辞に訊《き》いてみた。

「ええ、きょうはあいてますから」

心配ご無用という顔で鷹蔵は答えるが、きょうはスケジュールがあいているという言い方が、私には少しおかしかった。

「早く偉くおなり」

「へ、ありがとうございます」

ふざけて言うと半分まじめに答える。橘家はお弟子の仕込みかたが上手だ。

「いっしょに晩めしを食ってから帰るんだぞ。逃げるなよ」

そう言ったのにはわけがある。鷹蔵は師匠といっしょに何度か北海道の私の家に泊まったことがある。そのとき、酔っ払った私が明け方まで芸道心得など、たいした説教をしたらしい。私は憶えていないのだが、鷹蔵は懲《こ》りている。

「逃げませんよ。だって師匠が来ますから」

「え……円蔵が……」

「朝、おかみさんにそう言ってました。今晩は浅草で宴会だって」

「畜生め」

私はあわてて〈旬《しゅん》〉へ予約の電話をかけた。〈旬〉というのは新居のすぐ近くにある小さな店である。来てすぐ平尾にいい店を紹介しろと言ったら、その〈旬〉を教えてくれたのだ。店主はまだ三十代なかば。大川高志と言い、九段の料亭でハナ板をしていたのが、一人で気儘《きまま》にやりたいからと浅草三丁目で小さな店を開いた。

小さいと言ったら小さい店で、カウンターにせいぜい七、八人。奥に畳の小間《こま》があって、それにトイレ。一人きりでやるんだから気儘でよかろうが、結局常連だけの店ということになる。

夜になるとこの界隈《かいわい》は急に色っぽくなる。もっとも見番のすぐ裏だから、昔なら三業地のどまん中というわけだ。ベランダに立つと、目の下がすぐ釜《かま》めしで有名な〈むつみ〉、マンションの入口のまん前も、浅草では名の通ったコーヒー専門店の〈エル〉。そのとなりは〈きくふじ〉で、象潟《きさかた》通りへ出たところには、〈味昌〉〈わらや〉〈おてい〉などという店々に灯りが入っている。

鷹蔵とその〈エル〉で師匠のご到着を見張っていると、肥りすぎて丸っこくなった橘家円蔵がやって来て、三人連れだって〈旬〉へ向かった。

〈むつみ〉の角をまっすぐに、お座敷洋食の〈佐久良《さくら》〉を過ぎてうどんすきの〈杉〉の角を右に曲がる。その角の反対側は料亭の〈多満㐂《たまき》〉と〈婦志多《ふじた》〉で、〈婦志多〉の黒い塀に沿って〈二葉〉や〈よし膳〉の前を通れば、柳通りの見番の前へ出る。柳通りを突っ切って、そば屋の〈弁天〉から〈栄寿司〉を過ぎ、次の角をちょいと行った左側の〈旬〉まで、所要時間は三分四十秒くらい。

「こりゃでっかい店だな」

のっけに円蔵がそんなことを言う。

「あんちゃん、座敷を間違えんなよ」

師匠は弟子のことをあんちゃんと呼ぶ。

「早かったですね」

店主兼板前兼……洗い方からお運びまで全部一人でこなす大川高志ことターちゃんが、もっそりとした言い方で私たちを迎えた。

「ここへあがりゃいいんでしょ」

奥の狭い座敷にグラスや突きだしの用意がしてあるのを見て、橘家がそう言う。

「下足のおじさんはお休みなの……」

「ええ、実家に不幸があったとかで」

ターちゃんはもっそりした外見に似合わず、橘家の冗談を軽くいなしている。

「やだね、浅草は。みんな芸を持ってやがる」

そう言いながら橘家は弟子を小突《こづ》いた。

「見ならえよ」

「はい」

鷹蔵は師匠と私の履物を縁の下へ揃《そろ》えておしこみ、自分も座敷へあがってから両膝《りょうひざ》をついて、

「とりあえずお飲物はなんに致しましょう」

と訊いた。

「ばか、お前はうちの弟子だろう」

ターちゃんが鷹蔵のうしろで笑っている。

「でもこちら、ちょっと手不足のようにお見うけしましたもんで」

「仲良しになる手続きはそれくらいにして、ビールをおくれよ」

「はい。あ、ここに冷やしてある奴《やつ》ですね。では手前がさっそく」

鷹蔵はまだやっている。

「おかげさんで、うちの娘が就職しちゃってね」

飲みはじめ、ビールが焼酎のお湯割りにかわってしばらくしたところで、円蔵が言いはじめた。

「外で一人で暮らしてみたいなんて言いだしやがんの」

「御殿を出るか、箱入り娘が」

冗談めかしたが、それはかなり真実に近い。それこそ、雨の日には家の中で傘《かさ》をさすほどの暮らしで育ったこの旧友が、夢中で稼いで立派な家を建てたことを私は知っている。そんな貧苦をわが子に味わわせるために生きているのではないと、夫婦ともども一人娘を大切に守り育てて来たのも知っている。そんな中でいい弟子を育て、送り出し、ラジオやテレビに出ずっぱりの生活から今ようやくぬけ出して、やっとひと息ついているところなのだ。

琴平町《ことひら》に住んでいた先代円蔵に弟子入りして、黒門町《くろもんちょう》の文楽師匠の家へ入って家事を助け、そこで節子夫人と結ばれて、二つ目舛蔵《ますぞう》から真打ち月の家円鏡となり、今は円蔵という大きな名前をしょっている。

彼の噺《はなし》を買う人も多いが、落語はすべからく古典が至上で、均整がとれていなければ噺ですらないとくさす者もいる。だが私にとって円蔵の噺は〈大黒家〉の天丼と同じだ。批評や評論の埒外《らちがい》にある。野菊を見て胡蝶蘭《こちょうらん》のほうが上だと評する者がいるだろうか。

彼はようやく自分の芸を磨けるゆとりを持ったところなのだ。道なりに行くという言葉があるが、ここまでの彼は自分の人なりに夢中で喋り続けていたのだ。もちろん芸についても考え続けてきただろうが、ひとたび高座へあがってしまえば、派手に陽気に面白おかしく、客を沸かせるためにはおのれを粉砕してしまってもいいと、必死に暴れまくっていたのだ。彼にとってはそれが芸人だったのだ。金持になってやろうとしたのではなく、貧しさから逃げ、できるだけ遠ざかろうと突っ走ったのだ。それほど貧苦の恐ろしさを知り抜いていたのだ。

　ふだんよりちょいと旨《うま》い物を、ほどほどの値段で気楽に食わせてくれる店がいい店で、味のほかに料理の由来や外国の知識などを売り物にする店は、円蔵や私のいる世界から見れば、あってもなくてもいい店だ。

「そいでさ、きょうね」

　気がつけば円蔵が笑顔で喋っている。

「うちのおかみさんが、よそ行きを着て娘とおでかけになったの」

「へえ、どこへ……」

「だからさ、俺、訊いてみたんだよ」

「そしたら……」

「そしたら、ちょっとお買物、だって」

「なにを買いに……」

「だから訊いたんだよ。なにを買うの、って」

　円蔵はそこでニヤッとした。深い笑い方だった。

「マンション」

　彼は女の声を模して言った。生来のガラガラ声だが、そこは噺家だからちゃんと女になっている。

「亭主に留守番をさしといてマンションを買いにか、おい」

「だから俺、言ってやったの。ああそう、行っといで、って」

彼は猫なで声に近い優しい声で、そのときの情景を活写してみせた。

「出てったあとで俺、ひっくりけえって笑っちゃった」

円蔵は思い出し笑いをしたが、私のほうはそれに輪をかけて笑った。

「で、どうだったんだよ、帰って来て」

「ただいま。——おかえり。マンション買ってきたかい。——ううん、買わないで来ちゃった。——どうして。——だって高かったから」

円蔵の短いしかたばなしがおわった。

「あんた偉くなったね。あのおかみさんまで箱入りにしちまいやがった」

私はしんみりしてしまった。

それからしばらくすると、見番《けんばん》から……いや、正確に言うと見番と同じ建物の中にある浅草三業組合の二階から、笛や太鼓の音が聞こえはじめた。

そう言えばもう三社祭《さんじゃまつり》が近づいている。お囃子《はやし》の稽古なのだろうが、稽古にしてはまったく乱れがない。お手本を聞かされているようだ。はじめはレコードかテープをまわしていると思ったほどである。

夜、〈旬〉でターちゃんにそのことを言うと、

「このへんじゃ、へたな稽古を聞かせたら恥になるもんね」

という返事だった。

「浅草ってタウン誌、知ってるかい」

仲見世の平尾が会うなりそう言う。

「ああ知ってるさ」

「なら話が早いや。仕事だよ」

「仕事……対談かい」

「そう。東京宣商ってとこがやっててさ」

「いいよ。そのかわり三社さまの宮出《みやだ》しを見せてくれ」

「朝早いぜ。大丈夫か」

「徹夜は慣れてる」

「じゃあ手配しとく。穂《ほ》刈《かり》さんならいいだろう」

穂刈さんは〈常盤堂《ときわどう》〉雷おこし本舗の社長さんだ。

「ついでにちょっと紹介したい人がいるんだよな」

そこは平尾の店のすぐ裏手で、彼のうしろに大柄で温厚そうな人が立っていた。

「この人。〈梅園《うめぞの》〉のご主人」

おしるこ、と言えば私の頭にはいきなり〈梅園〉という名がうかんでくる。このところ毎日のようにその店の前を通っているが、もう自分とは遠い縁になってしまったと思い込んでいた。

私はうろたえて、挨拶もしどろもどろだったはずだ。なんとなく、不義理をした親類に出くわしたような心理に陥ってしまったのである。

「実はおたくさまで私の両親が見合をしたものですから」

そんなことも言ったように思う。事実両親は〈梅園〉で見合をし、結婚した。母親はずいぶんあとまで、浅草へ私を連れてくるたび〈梅園〉へ寄って、その見合の話をした。

「おしるこ屋さんで見合をした人が、あんなにお酒飲みだったなんてねえ」

母親の話のしめくくりはいつもそれだった。

当然代はかわっている。でも、半世紀以上たって、こういう出会いがあったことを、ひと口に偶然だと言い切れるだろうか。

並木の〈藪《やぶ》〉とも縁が戻った。浅草へ来るたび、万難を排して、という気構えでそのそばを食べた時期もあったのだ。

午前十一時半が並木の〈藪〉の開店時間だ。北海道にいたから、〈たくぎん〉に口座ができ、銀行取引はそのまま浅草支店に引きつがれている。だから十一時になるといそいそとマンションを出て、見番の前から柳通りを歩き、雷おこしの５６５６《ゴロゴロ》会館のところで言問《こととい》通りを渡り、観音さまの境内を裏から突っ切って仲見世から雷門。そして駒形《こまがた》へ向かって右側の歩道を行けば〈たくぎん〉の支店へ着く。そこでさっと用事をすませ、並木の〈藪〉へ行けばちょうど十一時半くらいになる。

すっと入って一番手前の椅子《いす》に坐り、

「のりかけ二枚」

とおばさんに言えば、そば屋の親玉並木の〈藪〉のざるそばが来る。

「おあとはのちほどお持ちします」

二枚重ねては持って来ない。そののりかけを自慢の早食いで、運んで来たおばさんが奥へ着いて振り向いたころにはおしまいにしておく。するとおばさんがそれに気付いてニコッとし、すぐもう一枚持って来てくれるのを楽しんでいる。いいとしをしてばかな奴だ。

桜橋が完成したころ、私はすでに浅草から遠のいていた。

だから天気のいい日には、よく馬道《うまみち》へ出て聖天《しょうでん》さまのほうへ散歩をする。待乳山《まっちやま》や今戸《いまど》の辺りもすっかり変わったが、それでもなぜかなつかしい。公園ではいつもゲートボールをやっている。

早朝の桜橋散歩で気がついたのは、やっぱり下町の人は柴犬が好きなんだなあということだ。

実を言うと、自分でも辛《つら》くなることがあるくらい、犬好きなのだ。三度、飼ったこともあるが、三度とも柴犬だった。

人生が荒れていて、住む所が二十回も三十回も変わったのは自業自得としても、そのために犬を飼うたび別れなければならなかったのは、なんとしてもくちおしい。

もう絶対に犬は飼わないときめたのも、犬と別れる辛さからだった。

その、私の人生で最も困難な事業のひとつである犬を飼うことを、いともやすやすとしている人々がたくさんいる。

そういう愛犬家たちが、犬を運動させるために、向島側からも浅草側からも、三三五五集まってくる。連れている犬のほとんどが茶色い犬なのだ。耳を立て、尾をくるりと巻き立て、白い胸毛と淡い茶の、利口そうな目をした柴犬たちは、毎日のことでもうすっかり顔みしりになったらしく、吠《ほ》え合うこともなく橋の上を歩きまわっている。

これが青山や六本木あたりだと、床屋へ行かされて変てこりんな姿になった犬どもが、首輪に正札をぶらさげているような感じでのさばっている。

「いいなあ」

私は桜橋の欄干によりかかって、少年時代からずっと下町を出なかった自分を想像してみる。

その場合、暮らし向きはどうであれ、自分は絶対に柴犬を飼っているはずだと確信するのだ。

ことしの三社祭は天気がよくなかった。平尾や穂刈さんの手配で、総代の一人である葛谷《かつや》さんに中へ入れてもらった。その葛谷さんはなんと私が入居したマンションの持主で、だからこっちは店子《たなこ》、あちらは大家《おおや》。親も同然ということになる。しかも葛谷さんは三の宮の総代だ。

小雨降る中、機動隊のものものしい警備をかきわけてお宮の中へ入ったのが朝の四時半。私は取材には絶好のチャンスと張り切っていたのだが、祭りの雰囲気がたかまるにつれ、そんな商売気はすてて、ひたすらその雰囲気に酔うべきだと思い直した。整然と、しかも油断なく神輿《みこし》を守る柿色袢纏《かきいろばんてん》の俊敏な動きにも感じ入ったが、役員の制止もきかず褌《ふんどし》ひとつで神輿によじ登る男たちの、愚かしいほどに素朴な自己顕示のさまにも、これが本来の祭りなのだと頷けるものがあった。

でっちあげられ、演じる者と見るだけの者にはっきり分けられてしまった祭りなどに、あの熱気を求めても無理なことなのだろう。

〈旬〉のターちゃんは祭りのあいだいそがしかった。客がみな氏子《うじこ》で、その氏子がろくに寝ないからだ。それが宮出しの朝から宮入りの夜中まで続く。その上、土地っ子のターちゃんも祭りが大好きときている。

そう言えば、タウン誌〈浅草〉の対談に関して、こんなことがあった。

対談相手は桂米丸《かつらよねまる》師匠で、場所は5656《ゴロゴロ》会館の二階にある穂刈さんの応接室らしいところだった。

その対談をすませ、翌日マンションのまん前にある〈エル〉へ行ってコーヒーを飲んだ。すると〈エル〉のおかあさんがなんと、

「きのうはご苦労さまでした」

と、私をねぎらうではないか。意外に思って尋ねると、〈浅草〉の対談のことを言っているのだ。

これはただごとではないぞ、と私は思った。祭りどころか、タウン誌まで地元としっかりつながっている。そうなると、私は町のためにいささか働いたということになるのだろうか。そのすぐあとに約束した、銀座のタウン誌である〈銀座百点〉の対談場所が築地《つきじ》の〈吉兆《きっちょう》〉なのを引き合いに出して、〈旬〉や仲見世あたりで浅草っ子をからかったのが、少しばかり恥ずかしくなってきた。

〈旬〉で桜橋の柴犬の話をした。すると常連の一人の玉木君が、

「俺も柴犬だいすき。でも飼えないもんね、マンションじゃ」

と言い出した。

「だから猫を飼っちゃった」

すると玉木君の連れの若いのが口をとがらせ、

「あ、まずいぜ、それ」

と言う。

「あの横丁のマンション、猫飼っちゃいけねえんだろ。おまけにお前の部屋、二階じゃねえか。すぐ下は管理人室だしさ」

「だって淋《さび》しいじゃねえかよ、猫くらい飼わなきゃ」

玉木君は遊びざかりの二十八歳でまだ独身。

「猫くらい飼わせてくれてもいいのにね」

私はなぐさめるつもりで言った。

「下のおやじがうるせえからさ、工夫しちゃったの」

「工夫って、なにを……」

「名前」

「名前……」

「うん。猫にアケミって名前つけちゃったんだ。ほんとはオスなんだけど」

「アケミって名前のオス猫か」

私もターちゃんも大笑いした。それならちょっとくらい大声で猫を呼んでも、下の管理人は猫を呼んでいるとは思うまい。

山の手では、こんなことはまず起こらないだろう。横丁にあるマンションに、アケミというオス猫が住んでいる。私はこのまま浅草にいるつもりだ。

第二話　鳩まみれ

「久保万《くぼまん》さんはこれがお気に召さなくってねえ」

〈エル〉のおかあさんが三社祭の提灯《ちょうちん》を指さしてそう言ったときには、一瞬なんのことかよく判らなかった。

私が住みついた浅草三丁目は、言問《こととい》通りをへだてて浅草寺《せんそうじ》のすぐ裏手に当たるから、三社祭の最終日、三の宮の神輿がその町内へ渡ってくるのは宮入りの直前で、空はすっかり暗く、店々の看板にはとっくに明りが入っている。

見物に出た人たちはみんな傘をさしていた。しとしとと降りはじめた雨はやむ気配もみせず、人垣のまん中に浮かんだ神輿のまわりからは、かつぎ手の熱気で湯気がたちのぼっていた。

「久保万さん……」

私も〈エル〉のおかあさんも、もちろん傘をさしている。

「久保田万太郎って先生のこと」

〈エル〉のおかあさんはあっさり言ってのけたが、私はただ呆気《あっけ》にとられるだけだった。

「三社祭って書いてあるでしょ。あれがお気に召さなかったのね。なんで三社祭なのか……三社祭は野暮だ、って」

〈エル〉のおかあさんは、それをついきのうのことのように言う。私もなんだか久保田万太郎先生が、その人垣のどこかに傘をさして立っているような気分になった。

「どうして三社祭と書いちゃ野暮なの……」

「祭りと言えば三社さまのにきまってるんだから、御祭禮《ごさいれい》としたほうが粋《いき》だって。久保万さんがそう言って頑張るもんだから、次の年のときこの見番《けんばん》の前へ、おっしゃる通り御祭禮って書いた提灯を作って飾ったら、うん、御祭禮、御祭禮……御祭禮じゃなくちゃ、ってとてもおよろこびになってね」

私はめまいに似たものを感じた。目の焦点が合わず、遠近の見定めがつかないような感じだった。

私の母校は今の両国高校で、久保田万太郎先生はその学校の大先輩である。下町のかくれ文学青年だった私にとっては、亡くなった今も遥《はる》かに仰ぎ見る偉人なのだ。

その人を〈エル〉のおかあさんは久保万さんと親しげに呼び、口真似《くちまね》までしてみせる。

先生の講演を演壇のすぐ前の席で耳を熱くして聴いたのは十六のときだったし、そのおすまいをひとめ見たくて、湯島のあたりをうろついたこともあるのだ。湯島うろつきの場から数えてもすでに三十二年。突然隣人の一人が久保田先生の口真似をしてみせたのだから、私は自分のめまいに納得するほかはない。

私はぼんやりと神輿を見送って見番の前に立っていて、〈エル〉のおかあさんはそのあいだにどこかへ行ってしまった。

次の朝は晴れていた。十一時ごろ部屋を出て、すぐ前の〈エル〉へ行くと、〈旬《しゅん》〉のターちゃんが来てコーヒーを飲んでいた。

〈旬〉は私の餌場《えさば》だ。夜の七時から店をあけ、閉店時間不詳という、私のような暮しの者にとってはまことに都合のいい小料理屋なのだ。

「なんだ、まだ寝ねえのか」

ターちゃんのはれぼったい顔をみて私はそう言った。

「ついさっきだもんね、連中が散ったのは」

神輿は無事に宮入りしても、若い連中の心はまだ神輿をかついだままだ。それが納まり和むまでにはしたたか飲まねばならない。ワンマン小料理屋の店主であるターちゃんは疲れ切っている。

「おかげさんで」

　いいあんばいに荒れなかったようだ。

「大変だな、祭りもいいけど」

「こん次はすぐ植木市だもんね」

　すぐ脇《わき》の壁に植木市のポスターが貼《は》ってある。きのうまで三社祭のポスターが貼ってあった位置だ。

「早く帰って寝たほうがいい。幾晩も続いたんだろ」

「そんなでもねえよ。これをやんなきゃ浅草じゃ勤まんない」

　ターちゃんは心外そうな顔になる。なまじいたわられるのが嫌《いや》なのだろう。私はプライドを傷つけるようなことを言ってしまったのに気づいて、話をそらせた。

「観音さまの境内で鳩の豆を売ってるのは、昔っからお婆《ばあ》さんにきまってるように言うけど、今も豆を売ってるのはやっぱりお婆さんかね」

　するとターちゃんはからかうような笑いかたをした。

「もう豆じゃないよ。俺もここんとこ中をのぞいたことなんかないから、お婆さんかどうかはよく判んないけど」

「あれ……だってあの赤い小屋には、はと豆って書いてあるぜ」

「先生はそういうのが商売なんだからさ、しっかり見ときなよ。今は豆じゃなくてトンモロコシの屑《くず》みたいのとか、雑穀のハンパな奴とかをまぜたのを売ってるよ」

「どうしてそうなったんだ……」

「境内を汚すからだろ。豆を食った糞《ふん》じゃ汚れがひどいんじゃないのかな。そのへんはよく知らねえ」

ターちゃんにそう言われ、急に気になった私は、コーヒーを飲むとすぐ浅草寺へ行ってみた。

赤い小屋にはたしかに「はと豆」と書いてあったが、売っているのはトウモロコシや雑穀の種をまぜたものだった。

しかし小屋の中でそれを売っているのは、やはり小柄なお婆さんで、私はなんとなく半分ほっとした。浅草の伝統はなかなかしぶとい。

用事で両国へ出かけ、その帰りに久しぶりで緑町の〈とん㐂《き》〉へ顔を出した。昔どおり一丁目の交差点の角で頑張っているとんかつ屋だ。

おやじさんもおかみさんも、みんな総出で歓迎してくれて、ひとしきり昔ばなしに花を咲かせたあと、私はふと〈エル〉のおかあさんのことを口にした。

「懐かしそうに久保万さんと言って、あの先生の喋《しゃべ》り方まで真似できるんだぜ、そのおかあさんは」

私はそう言い、御祭禮と書いた提灯のことを話した。

するとすぐとなりにいた老人が、

「そうなんだよ、浅草は若《わけ》え者《もん》でも何かてえと昔ばなしになっちまう」

と、威勢のいい声で言った。

「昔っからそうなんだよな」

〈とん㐂〉のおやじさんが相槌《あいづち》をうつ。

「あの筵屋《むしろや》の昔ばなしと来たらさ」

おやじさんはそう言い、老人と声を合わせて笑った。

「筵屋って……」

「筵を売ってるから筵屋じゃねえんだ。せんに馬道《うまみち》のあたりにあった飲み屋だよな」

老人が言い、おやじさんが頷く。

「変わった屋号だね」

老人は人差指を突きだして宙に書いてみせる。竹かんむりの筵という字だ。

「あそこのおやじはなんてったかな」

「弥太郎《やたろう》」

「そうだそうだ。よく飲みに行ったもんだけど、あんな店のどこがよかったのかなあ」

「とにかくはやってたよ。よく奢《おご》らされたっけ」

「ばか言え、奢ったのは俺のほうだ」

老人と〈とんぼ〉のおやじさんは、私などそっちのけでにぎやかに喋りだす。二人とも若い昔に戻って、顔まで艶々《つやつや》して見えた。

話の様子だと、その筵屋という店へよく飲みに行っていたのは、〈とんぼ〉のおやじさんが二十代のはじめらしいから、昭和三十年かもうちょっとあとのようだ。

筵屋というのは、客を毟《むし》ろうやという程の意味らしく、本気でやったのではない店が、たまたま繁昌してしまったのだと老人が断言していた。

結構ここでも昔ばなしをやっている。私はそう思いながら、かなりご機嫌で浅草へ帰った。

下町生れの自分には、ここがいちばん性《しょう》に合っているようだと、浅草暮らしを楽しんではいるが、時には嫌な場面にぶつかってしまうこともある。

待乳山《まっちやま》のあたりから、隅田《すみだ》公園をまわって言問橋のたもとへ出、観音堂裏へ戻ってくるのが朝の散歩コースなのだが、その途中まだ店をあけていない花屋の前で、突然段ボールおじさんがマダム・ショッピングバッグに撲《なぐ》りかかるのを見てしまった。

段ボールおじさんとは、毎晩どこからかボール箱を引きずって来て巣を作り、路上宿泊をするまっ黒けに汚れた男性のことで、マダム・ショッピングバッグはその女性版だ。

たしかアメリカにショッピングバッグ・レディとかいう言い方があったはずで、段ボールおじさんは私なりの呼び方だ。

「てめえどこへ行ってやがった」

その段ボールおじさんは、マダム・ショッピングバッグをぶん撲るとき、たしかにそう喚《わめ》いた。

マダム・ショッピングバッグは撲られてあおむけに引っくり返った。髪も体も着衣もすべて、まっ黒けに汚れきったそのマダムのパンティだけが、なぜかまっ白だった。

そのあとはまっ黒汚れ同士の取っくみ合い。

「なによあんたなんか」

マダム・ショッピングバッグの金切り声が聞こえ、私は花屋の手前の角を曲がって裏道へ逃げた。

まっ黒けの股間に見えたパンティの白さがこたえた。あんたなんか、という叫びの、あんたという呼び方に違和感がつのる。

私はそのとき、少し走ってしまったようだ。そこまで行ってもまだ男と女をやるのかよと、耳をふさぎ目をふさぎ、朝っぱらから出家遁世《とんせい》してしまいたいような気分だった。

すき好んで言うわけではないが、浅草には段ボールおじさんやマダム・ショッピングバッグが少なくない。

仲見世、新仲見世、木馬館通り、五重塔通り、西参道その他が、彼らの恰好《かっこう》の寝ぐらになってしまうのだ。

どういう経路でそこへ辿《たど》りつくのか、私には見当もつかない。ずっと以前には見当がついたこともある。しかしそれには敗戦という重くて暗いものがあった。

高度成長でおおかたがしあわせめいて見えたあの時期、彼らはどこでどうやって過ごしていたのだろう。

平気で億という金額のゴルフ会員権が売買されるご時勢に、なぜ彼らはまっ黒けに汚れて路上宿泊を続けてしまうのだろう。

浅草はそれほど住みよいのか、と思ってみたりもする。

雷門の前で観音さまに向かって立つと、右側に交番があり、浅草警察署雷門派出所という。

そこでときたま、

「観音さまはどこですか」

と尋ねる人がいるというのだ。事実ならまさに珍談である。

それを私に教えたのは、本所菊川町《ほんじょ》の芦田《あしだ》という老人だ。

もっとも、知り合ったころはまだ老人ではなかった。三十年も前のことなのだから。商売は下駄屋。下駄屋で芦田だから名前の忘れようがない。しかし看板には、「げたはきもの」と書いてあった。下駄履物を仮名で書けば、下駄は着物という無理なキャッチフレーズになってしまう。

「浅草へ越したっていうから、ついでにのぞきに来た」

と、その芦田さんが私の仕事場へあがりこんだのは、もう五月も末の二十八日だった。

「浅草で判んねえことがあったら、なんでも俺に聞いたほうがいい」

昔からそういう言い方をする人だ。

「だっておじさんは本所じゃないか」

「遊びまわったのよ、このへん一帯から千束《せんぞく》、吉原《よしわら》にかけてな。遊びてえときは俺に番かけたほうがいい。いつでも案内してやっから」

「いくらおじさんが遊び人だって、今はもう判んないだろう」

「判るさ。たとえば雷門のとこの交番でよ……」

雷門派出所の話はそのときに出た。

「東武電車に乗って終点で降りりゃあ松屋の中だ。松屋を出て信号を渡ってまっすぐ行くと雷門だけど、はじめての奴はもうその手前で心細くなっちゃってる。で、交番があらあな。聞いちゃうよ、そこで。おまわりさん観音さまはどこですか、ってな」

「嘘《うそ》だ」

「嘘なもんか。お前《めえ》じゃあるめえし、俺にこんな上手な嘘がつけるかってんだよ」

「相変わらず元気なもんだ。で、まだ足駄《あしだ》を売ってんの……」

「そんな古いからかいはよしたほうがいい。足駄なんかもう売れるもんか。スリッパ、サンダル、スニーカー……俺んちはもう履物屋だい」

「まだ靴屋にはなってないのか」

「靴だって置いてるさ。倅夫婦《せがれ》がブーたれてやがんの」

「どうして……」

「下駄を置くのは嫌だとさ」

「あ、おじさんが無理やり下駄を置かせてんだろう」

 芦田さんはそうだと素直に白状せず、窓の外へ目をやって、

「そう言やあ、このへんには嫌《や》な思い出があるな」

と言った。

「へえ、どんな思い出だい」

「下駄でブン撲られた」

「いつ」

「人の頭をよく見てから物を言え。どこにコブがある」

芦田さんはうつむいて、つるつるに禿《は》げた頭を私のほうへ突きだした。

「判ったよ、やっぱり昔ばなしか」

「そりゃそうだ。この歳《とし》になってまだ女のことでブン撲られてちゃかなわねえさ」

「聞きずてならないね。女のことで喧嘩したのかい」

「喧嘩じゃねえよ。意見したらブン撲りやがったんだ。それも俺の商売物の下駄でだぜ。あんなに腹の立つ奴はいなかったね」

「この近所でかい」

「そうよ、すぐそこだった。相手は筵屋って飲み屋のおやじでよ」

「ちょっと待った。おじさん、弥太郎に撲られたの……」

「お前、幾つんときから酒飲んでる」

「十七」

「吉原は……赤線は」

「ちゃんと間に合ったくちさ」

「それにしても筵屋の弥太郎なんてのを、よく知ってやがんな」

「実はごく最近聞いたばかりさ」

「そうだろう、どうもおかしいと思った」

芦田さんは得意そうな顔になる。

「女のことでふん切りのつかねえことがあったら、俺に相談したほうがいい」

「またはじまった。それよりなんでブン撲られたのさ」

「だから、女のことで意見してやったんだ。弥太郎って奴にはいい女がついてた。そりゃいい女だったた。器量だってなかなかのもんだったが、女も男も所詮《しょせん》最後は顔なんかじゃねえぞ。ここだ」

芦田さんは左手で胸のあたりをポンと叩《たた》いてみせる。

「度胸……」

「ばか。心だよ、心。あの女はいい心根をしてた。筵屋がやたらとはやったのも、あいう女がいて一生懸命やったからさ。もっともその女めあてに通った連中もだいぶあいたけど、そういうのには目もくれなかった。目もくれねえったって愛想はいい。人をそらさず、相手のふところ具合をよく見抜いて、無理な飲み食いは決してさせなかった。店のきりもりは裏おもていっさいきっちりやってのけて、弥太郎みてえな奴を旦那《だんな》さん、旦那さんと立てていたのさ」

「弥太郎って人は、そんなによくなかったのかね」

「薄情なぐうたらさ。自分じゃ華族の出だとかなんとか言ってたけど、あの戦後の苦しいときに、親兄弟をほっぽり出して、自分だけ旨《うま》いもんを食い放題じゃ、総スカンを食うのも当たり前じゃないか。今と違うんだぜ。日本中が腹ぺこで、食い物となりゃあみんな目の色が変わっちまった時代だよ。ところが弥太郎は食い道楽なんだ。たしかに華族さまの端くれだったらしいが、お家に伝わる金銀財宝ことごとく……」

「金銀財宝は大げさだよ」

「そこまでは見たわけじゃねえから知らねえが、悪いことというのは、いつの間にか人の口から口へ伝わって、当人に追いついちまうもんなのさ。とにかく考えてもみろよ。食糧難の時代に、家財を叩き売っちゃあ自分一人が食い道楽に励んだんだ。食い物の恨みは恐ろしいって言うだろ。痩《や》せ細った親兄弟が、たまりかねて奴を抛《ほう》り出しちまった。でも親兄弟のほうにも油断があったようだ。母親が栄養失調で寝込むってえと、その隙《すき》に家屋敷を売っ払っちまったんだとさ。場所は麴町《こうじまち》だかの一等地で、そのころもう買い集めてる奴がいたそうだ」

「ばかに詳しいね」

「詳しくて悪いか」

「そうじゃないけど、誰がそんなところまでおじさんに聞かせたんだい」

「だからよ、俺があいつに下駄でブン撲られたって言ったろう」

「どういうことさ」

「勘の鈍い奴だな。弥太郎についてたいい女ってのはうちの婆さんだ」

「なんだそれ、のろけかよ」

「そう早まるな。じっくり俺の話を聞いたほうがいい」

「聞くよ」

「あんな心根のいい女はほかにいやしねえぜ、まったく。だから喧嘩なんかまだ一度もしたことがない」

「やっぱりのろけじゃないか」

「のろけたっていいくらい優しい女だ。そりゃこの俺が一番よく知ってる」

「当たり前だろ」

「今戸の生まれで父親は戦死、家族は二十年の三月九日にみんな焼け死んじゃったから、弥太郎に声をかけられたときはもう天涯《てんがい》孤独の身だった。肉親の住む場所まで叩き売った金で、弥太郎は裏口営業の料亭なんかをやってみたが、赤坂でも新橋でもうまく行かねえ。そのつど少しっつ金を減らしてるうちに世の中もだいぶ落着いて、浅草へ流れて来たときにはもうトリスバーなんてのが全盛になってた。頭は悪くない奴で、そんなもうはやっちまったものをやってもしょうがないと、日本酒と魚を主にした土間のある昔風の飲み屋をはじめたんだ。その開店で集めた板前や女たちの中の一人が伸子という今のうちのかみさんだ。戦災孤児の伸子も、そのころにはもうすっかりいい女に育っていた。弥太郎だって食うばっかりの人間じゃねえやな。いい女を見りゃあ手を出し足も出す男だ。伸子のそれまでのことはいまだに聞いてみたこともねえが、弥太郎にあんだけ尽してるのをこの目で見たんだから、いい女だってことは判ってる。ところが弥太郎は、伸子を自分の女にしたとたん、給料をやるどころかアパート代も払ってやらねえで、手前《てめえ》は客みたいに遊びたいときだけ店に来やがる」

「そのほかのときは……」

「当たり前だろ、よその女のとこへ行ってやがんのよ。筵屋ははやりにはやってるから金に不自由はしねえだろ。どういうわけか、弥太郎って奴は人の情けがよく判らない男だったらしい。女だって、金の力でなびかせているあいだだけが楽しくて、本気で惚《ほ》れられたりするとつまらねえらしいんだな。食い道楽だって、食糧難の最中に金の力で贅沢《ぜいたく》なものを食うから面白かったんで、なんでも食える時代になったら、結局は女遊びさ。華族さまの跡とりだけあって、いつまでも殿様でいたかったんだろうな。ところが筵屋がはやりはじめると、すっかり貧乏しちまった弥太郎の妹なんかが無心に来るのさ。優しい伸子は弥太郎に内緒で幾らかでも渡してやる。そして弥太郎がそいつを知ると、怒り狂って伸子を撲る蹴《け》るの始末さ。いい加減にしろ、って常連の俺たちが意見をしはじめたのはそのころのことだ。なんでそんなに身内に辛《つら》く当たるんだ、って問いつめても、結局わけなんてなんにもありはしない。身内がよろこんだって面白くもなんともないと抜かしやがる。弥太郎はどうかしてるんだ、人の情けなんかちっとも判らない大変人なんだからと、みんなして筵屋から伸子を引きはなそうとした。辞めさせようとしたんだ」

「それで頭を一発かい……」

「下駄で力一杯撲りやがんの。あのころはまだ下駄が売れてた」

「なぜおばさんは弥太郎を思い切ったの……」

「弥太郎がせっせと金を持ち出すし、伸子が甘いのを見てあいつの身内も足繁くせびりに来る。河岸《かし》の仕入れは現金だし、酒屋の払いはたまっちゃうし、店の者も給料が滞りがちになると、一人やめ二人やめ……しまいにゃ伸子が庖丁を持つ始末さ」

「いったいその弥太郎って人は、どうやって生きて行こうとしてたのかね。いま聞いた話の限りじゃ、自滅するよりほかはないじゃないか、どう考えたって」

「なんかいつも夢みてえなことを考えてる奴だったよ。少し飲むと、よかったころの話ばっかりしやがってさ。それが言うたんび少しっつ違うんだ。しまいにゃみんなその法螺《ほら》を面白がっちゃってな」

芦田さんはそこで仕事場の時計をみあげ、帰る気配を示した。

「まあゆっくりして行きなよ。久しぶりなんだから。そう言えばこのあいだ〈とん㐂《き》〉へ行って来た。実は筵屋とか弥太郎とかってのを聞いたのは、あそこでなのさ」

「なんだ、そういうことか。〈とんぼ〉や森下の斎藤糸屋なんかも、よく筵屋へ来てたっけ。でも俺とあいつらは派が違ってたしな。筵屋のことなら俺ほどよく知ってる奴はいるもんか。なんでも俺に聞いたほうが……」

芦田さんは急に言葉を切り、私をみつめた。

「今日は幾日《いくんち》だ」

「二十八日」

「じゃあすぐ植木市だな」

浅草恒例お富士さまの植木市は、五月三十一日と六月一日。それに六月三十日と七月一日の二回行なわれる。

「その後の噂だからなんとも言えねえけどよ、弥太郎の奴は今もときどき植木市へは姿を見せるらしい」

「へえ……」

「筵屋の店仕舞が五月三十一日の晩だったから、ひょっとするとそれを偲《しの》んでのことかも知れねえな。よかった昔の話をするのが好きな奴だったが、もし昔を偲んでのことだとすると、今は相当よくねえぜ」

ちなみに、芦田さんのおかみさんはのち添いのはずである。私は弥太郎についてもさることながら、戦災で孤児となった優しくてしっかり者の浅草女の一人が、どうやら幸せな人生を送っているらしいのに満足した。

そして、老いてなおいい女だと繰り返し言う芦田さんに、よくぞそこまで認めたものだと、なんとなく礼を言いたい気分だった。

前の晩から植木、盆栽、鉢植《はちう》えの草花などが並びはじめ、朝起きてみたらもう植木市がはじまっていた。

そのにぎわいのことはいい。東京の人ならたいてい一度は来ているはずだし、まだ来ぬ人も一度来てみれば、肌に浸み込むような人なつっこさと、いつかどこかで出会ったことがあるような懐かしい風情を感じ取るに違いない。

それよりも、私は弥太郎を見てしまったのだ。

「あら、筵屋の弥太郎さんだわ」

盆栽を見ていたおばあさんが、連れの中年女性にそう言ったのを、すぐそばで私は偶然聞いてしまった。

はっとしてその人たちの視線を追うと、痩せた白髪頭《しらがあたま》の老人が歩いていた。

「今年も来たのね」

よく見かける近所のご婦人だが、私はまだ名前も知らない。ただそういう会話を聞いて、すぐにその老人のあとを追った。

段ボールおじさんほどではないが、それにやや近い風体《ふうてい》だった。ただ顔や手足は小ざっぱりとしていて、食堂へ入っても追い払われない程度であることはたしかだ。なるほど、これが筵屋の弥太郎の後日の姿かと、私は何かの標本でも見るように、随分長いこと彼のそばについてまわった。

植木市もすんで六月に入ったそのなかば過ぎのある日、観音さまの境内を突っ切って雷門のほうへ行こうとしていた私は、赤いはと豆売りの小屋のそばに、異様な姿でうずくまっている人間を見て思わず足をとめた。

はじめは男女の別さえ定かではなかった。あぐらをかいて地べたに坐り込み、足といわず腕といわず肩といわず頭といわず、体中に鳩をとまらせてじっとしているのだ。

坐りこんで自分のまわりに大量の餌《えさ》を積んだので、たくさんの鳩がそこへ集まってしまったのだ。

坐った人間は身動きもせず、どうやら目もとじているようだ。鳩はそのため全身にとりつき、もう一羽もとまる余地がないほどだった。

参詣《さんけい》の人たちも、みな立ちどまってその異様な姿にみとれている。

ところが、見物人の中からヨチヨチ歩きの子供が、その鳩のかたまりのほうへ今にもころびそうな姿勢で走りだした。

若いお母さんがそのあとを追う。すると鳩の半分くらいが、警戒して飛びたった。

重い羽音の中で現われたのは、植木市の晩に私がしっかりと見届けた、筵屋の弥太郎の顔だった。

私はきっと口を半びらきにして彼をみつめていたに違いない。

弥太郎は弥太郎のまま生きていたのだ。芦田さんは弥太郎が金の力で他人をなびかせることだけを生甲斐《いきがい》にしている、というようなことを言った。だが見たところ、彼は自力でそれに必要な金を稼ぎだす力には恵まれず、どんどん落ちぶれて行ったようだ。

それでもなお、餌をしこたま買って鳩を集め、うっとりとしている。そんなに大量の餌を赤い小屋のお婆さんが、一人に売るはずはないから、きっとよそで買って来たのだろう。

私は取っくみあいの喧嘩をしていた段ボールおじさんとマダム・ショッピングバッグを思い出していた。

人間が持つ同じ業《ごう》のひとつが、私の目の前に坐りこんで鳩まみれになっているのだ。もう鳩しか相手にしてくれなくなった弥太郎。他人の誠意も真実も、遂に知ることなくおわるのかも知れない弥太郎。それでいてなお、安い餌を買って鳩まみれにならなければいられない弥太郎……。

たいていのことは判ったつもりでいる人生に、まだ私の知らない底深い淵《ふち》が幾つも口をあけて待っているのだと思ったら、鳩まみれの弥太郎をそれ以上見ているのがこわくなった。

俺は大丈夫なのだろうか……。私はボール箱を集めて巣を作り、路上宿泊し続ける段ボールおじさんたちのことを考えながら、雷門のほうへ歩きはじめた。

観音さまはどこですかと、雷門わきの交番で尋ねる人の気持が、少しは判って来たようだ。

私には自分の行先などまだ全然判ってはいない。そのうち観音さまに教えてもらわなくては。

第三話　朝から晩まで

やかましく騒ぎたてる雀《すずめ》の声で目がさめた。ゆうべベランダに米粒を少し撒《ま》いたせいだ。北海道にいたとき、退屈しのぎに雀やベニヒワの餌《え》づけをして、毎朝百羽以上を庭に集めていたから、そのころのことを思いだした。

しかしそれにしては汗びっしょりで、いくら寝ぼけまなこでも、北海道にいるような錯覚は起こしようがない。時計を見ると五時半で、外はもうカンカン照りといったあんばいだ。

顔を洗って汗を拭き、Tシャツをかぶって半パンツをはくと、いつものずだ袋を持って下駄をはいた。

ずだ袋と言っても、首からぶらさげる本物じゃない。革製で口があけっぱなしの買物袋みたいな奴だ。

中身はカメラとフィルムとテープレコーダー。今の浅草暮らしは根こそぎ取材のようなものだから、外へ出るときはいつもそれをぶらさげている。汗ふきタオルからタバコ、ライター、小銭なども入れてあるから、浅草の中をほっつきまわるのには至って具合がいい。

ただし外見はあまりよくないそうだ。どうかすると段ボールおじさんスレスレに見えるらしい。段ボールおじさんとはつまりその、ルンペンのことである。

そう言えば、すっかりもう身なりには気を使わなくなった。だいいち、洗面所の鏡に自分の顔が映っても、目をそらすようになった。男は自分の顔に責任を持てとか言う向きもあるようだが、責任を持てないまんま五十を過ぎてしまった奴の顔なんか、じっと見たってはじまるわけがない。自分の顔なんか眺めてるより、人の顔を見てるほうがよほど面白い。

マンションを出て、見番の裏手から柳通りへ出る。朝の六時前だから、どの家もまだ閉まったままだ。ミーちゃんもまだ横丁へ出て来てはいない。

ミーちゃんというのは猫の名前だ。デブだが大きな目をした愛想のいい三毛猫《みけねこ》で、柳通りへ出るその横丁を縄張りにしている。

越して来て四カ月もすれば、近所の猫ともいくらか仲良くなる。マンションのまん前の〈エル〉の猫はクマという名で、マンションの裏手に当たる〈鳥幸〉の猫はチエだ。

本名は千恵蔵。略してチエ。純白のオス猫で、私は〈鳥幸〉でその白無垢《しろむく》の千恵蔵に会うたび、切腹の仕度をしたサムライを連想してしまう。少年時代にチャンバラ映画を観すぎたせいだろう。

柳通りの柳も華奢《きやしや》ながらだいぶ枝葉を繁らせている。浅草へ住みついて気がついたのだが、この町は総じて背の低い人が多いようだ。青山、六本木といった今風の町とくらべると、小柄な人が目立つ。

昔の日本人の寸法がここにかたまって残っているような気がしてならない。ことに中年から先の女性が小柄だ。

京都でもそんな印象を受けたことがあるが、和風の古い家並みには、キリッとした小柄な女性のほうがいい絵になる。脚が細長くてずんずらでっかいのは、のっぽビルを背景にしていないといい絵にならない。それに、あんなでっかい女性たちが、いっせいにおばあさんになりはじめたらどんな景色になるんだろう。六尺豊かなおばあさんなんて、威勢がよすぎる。

朝っぱらからそんなことを考えたのは、自分がカラコロと下駄を鳴らして歩いているせいらしい。下駄の分だけいつもより背が高くなっている。だから浅草へ来てから下駄を手ばなさない。……下駄を手ばなさないというのは少し変かな。

とにかくカラコロと言問《こととい》通りを渡って浅草寺の境内へ入る。浅草寺というのもだいぶよそ行きの表現だ。ここに住めば「観音さま」ですんでしまう。

本堂正面へまわると、もう階段の上の賽銭箱《さいせんばこ》のあたりに人が集まっている。五時五十分くらいで三、四十人はいる。暑いからみんなトレパンにTシャツといった軽装で、ごく親しげに声をかけ合っている。

まだ無人の仲見世を、自転車でスイスイやってくる人もいるし、朝の運動よろしく競歩のような歩き方で、肩を並べて来る人もいる。

これがいわば観音さまの親衛隊とも言うべき一群の勤勉な人たちで、年間を通して毎朝この時間になるとお参りに集まるのだ。

私はずだ袋からカメラをとりだし、その人たちを横目に弁天山《べんてんやま》へ急いだ。鐘撞堂《かねつきどう》のあたりには、もう黄色い衣を着たお坊さんが見えている。

そのお坊さんの気を散らさぬよう遠慮して、少し離れたところでカメラを構えた。

明け六つ、卯《う》の刻、正六時。

ゴーン。

私は二度ほどシャッターを切り、すぐ本堂へとってかえす。ガタン、ガタンとトタンばりの戸を開く音がして、朝参りを日課にしている善男善女が中へ入って行く。

まだほの暗い本堂の中から、黄色っぽい灯明の光と読経《どきよう》の声が流れ出してくる。鳩はまだ地面へおりて来てはいない。朝参りの人々が四方から本堂へ足早に集まって行く。

ゴーン。

弁天山の鐘の音の中で、私は浅草の一日のはじまりと、観音さまの最も基本的な信者たちを眺めていた。

もう少し歳月が流れれば、私もその朝参りの人々の中に紛れ込んで、その鐘の音を自分のものとして聞くようになるのかも知れない。

だがまだ私は、ずだ袋へカメラをしまい、マンションへ戻って原稿の続きを少し書いてから、ひと眠りするわけだ。

どこへでも好き勝手にもぐり込み、どこででも適当に暮らせはするが、その土地の人間になり切るには、十年や二十年ではとても足りない。

ゴーン。

背中で鐘の音を聞く。傍観者でいるというのも、ときどきは淋しいものだ。

帰って原稿を書いているうちにすっかり目がさめてしまい、寝る気がなくなった。

ベランダへ来た鳩を、大げさな身ぶりで追い払ったりしたせいだろう。

何しろ観音さまが近いから、鳩に甘くすると近所迷惑になってしまう。姿のいい綺麗な鳩だったが、親しくするわけには行かないのだ。

ベランダの鳩は追い払うが、友達が来るのは大歓迎だ。引っ越して以来、もう随分来客があったが、みんな気軽で楽しそうな顔で来てくれるのでうれしい。浅草という土地のイメージが、来る人をそんな気分にしてしまうのだろう。

だいたい浅草というのは少し歩きにくい町だ。参詣人《さんけいにん》や観光客が集まってくるのだから、みんな気をゆるめて歩き方も遅くなる。左右に並んだ商店を丹念にのぞき込み、まっすぐには歩かない。

でも土地の人たちは、そういう人々のおかげで繁昌しているのだという意識をしっかり持っていて、いくら心急《せ》いていても決して人の肩に触れるような歩き方はしないのだ。ぞろぞろと左右に揺れながら歩く人々の間を柔らかく縫い、それでいてかなり素早く移動して行く。先祖代々人ごみで暮らしている生活技術のひとつだろう。

私は他との衝突を未然に回避するセンスを、「粋《いき》」と呼ぶのだと思っている。だから、「粋」は人ごみから生じたもので、あまり目立つのは「粋」なことではなかろう。

昼すぎ、仕事が一段落したので机の上を片づけ、マンションの前の〈エル〉へ行って、エスプレッソを飲む。コーヒーの専門店で、私はそこのエスプレッソが気に入っている。

〈エル〉のおかあさんは私にとって浅草暮らしのよきガイド役である。何しろ観音さまの裏手が奥山と呼ばれていたころからの家系で、おかあさん自身子供時代に宮戸座《みやとざ》の舞台へ、よく子役で出ていたという。

だがその〈エル〉のおかあさんは店におらず、そのかわり〈旬《しゅん》〉のターちゃんがいて競馬新聞をひろげていた。

「あした、やる……」

競馬新聞を私に手渡しながらターちゃんが言う。久しくやめていた競馬を、またやるようになっている。場外馬券売場まで徒歩五分という場所のせいだ。

私は8レースから最終レースまで、その新聞に赤鉛筆でひと組ずつ数字を書き、一万円札を一枚ターちゃんに渡した。まわりがみんなやっているので、私もおつき合いに遊んでいるが、もともとギャンブルはあまり好きなほうじゃない。

「習字の先生のとこ、行った……」

ターちゃんはのんびりコーヒーを飲みながら私に訊く。

「まだだよ。今日あたりのぞいてみようかな」

昔の友人の一人で美術学校へ行ったのがいて、その男が千束《せんぞく》通りあたりで習字の塾を開いているという。

「いろんな人、知ってるんだね」

ターちゃんは感情のこもらない声で言った。夜遅くまで店をあけているから、まだはっきりとは目がさめていないようだ。

でもそのターちゃんも私のガイド役の一人だ。浅草の夜の部では滅法顔が広い。

「あれ……うちへ来た客らしい」

私は〈エル〉の窓からマンションの入口を見て腰をあげる。外へ出ると小柄な青年がマンションの郵便受けのところで名札をたしかめていた。

ワタル君である。私が近寄ると、人なつっこい笑顔になった。

「やあいらっしゃい。暑かっただろう」

「ええ」

私はワタル君とエレベーターで自分の部屋へ戻った。

冷たい飲物と世間ばなし。ワタル君は小説を書いている。姓は中島。中島渉という名だが、私にはなんとなくワタルと書いたほうが納まりがいい。じゃりン子チエのせいだろうか。

「清水さんとも一度飲もうよなんて話が出るんですけど、だいぶいそがしいようです」

五重塔と本堂の屋根が見える部屋で、ワタル君がそう言った。清水君というのも小説を書いている。清水義範《よしのり》という名で、ワタル君と一緒に北海道の家へ泊まりに来たことがある。

「大丈夫かな、あいつ。蕎麦《そば》ときしめんばかりじゃスタミナがないだろうに」

そんなやりとりを小一時間ほどしてから、私はワタル君を外へ連れだした。

まず観音さまへ行き、浅草神社《さんじゃさま》の裏の被官稲荷《ひかんいなり》を見せる。その昔、新門辰五郎《しんもんたつごろう》の家にあったのを移したものだ。

ワタル君は被官稲荷の前に立って、説明書きを熱心に読んでいる。そのうち彼の小説のどこかに新門辰五郎が出てくるかも知れないと思ったら、楽しくなってきた。

「あそこに〈鳥たゐ《こ》〉という古ぼけた店があって気になってるんだけど、まだ入ったことがない。浅草は気になる店だらけでね」

私はそう言いながら、ワタル君を松屋のほうへ引っぱって行く。

来客への馳走は隅田川《すみだがわ》に架かる橋を徒歩で渡らせること……と、自分勝手にそうきめているのだ。

私は吾妻橋《あづまばし》を渡り、対岸のアサヒビヤホールへワタル君を連れこんだ。まだ外はカンカン照りで、客はまばらだ。レトロブームとか言って、六時を過ぎるとここにも行列ができることがある。

私は大ジョッキ、ワタル君はちょっと控えてハーフ・アンド・ハーフにした。

「浅草で遊びたがっているのが大勢いるんですよ」

「それなら、浅草をひとまわりしてからここでビールを飲んで、そのあと水上バスで浜離宮へ行き、銀座か新宿へまわっちゃうというのはどうだい」

「あ、それやってみたい」

ワタル君は素直だ。なんでもすぐにうれしがり、歓声をあげるような驚きかたをしてみせる。だが性根はかなり頑固で、激しく衝突しそうなものを隠し持っているようだ。

「ディズニーランド行きの水上バスを出す計画もあるらしい」

ワタル君の反応は、彼がちょうどビールを飲んだところだったので、厚いジョッキの底に顔が隠れて読みとれなかった。

そんな浅草振興策の反応を外来者の表情からうかがう私は、もう浅草の味方になり切っている。この土地とは、どうも性《しょう》が合ってしかたがない。

ワタル君と地下鉄の入口のところで別れた私は、カラコロと下駄を鳴らして〈ROX〉へ向かった。四階の書籍売場で新刊書を一、二冊買うつもりだ。

すぐうしろで子供の声がする。

「下駄はいてる。ねえママ、あれ下駄でしょ……」

私がふり返ると、男の子を二人連れた若い母親が照れ臭そうに微笑していた。渋谷か青山か……とにかくマンションだらけの町から来た家族に違いない。下駄は知っていても、実際にそれをはいて歩いている人間を見たのは生まれてはじめてらしい。

原住民か、俺は。そう思ったらおかしくなった。日本下駄振興会というのをこしらえて、会長になってやろうか。

オレンジ通りへ入ると、〈はやし屋〉の旦那とすれ違い、お互いにペコリと頭をさげた。〈はやし屋〉は公会堂の裏手にある和家具屋さんだ。随分以前から毎年カレンダーを送ってきてくれていた。

浅草へ越してきてその〈はやし屋〉の前を通ったとき、自分が〈はやし屋〉とどういうつながりだったのか判らなくて、ハタと当惑した。店の人と顔をあわせても挨拶のしようがないではないか。

だがひと月くらいして突然思いだした。死んだおふくろが、たしかそこで長火《ながひ》鉢《ばち》や茶だんすを買ったはずなのだ。

それで気が楽になり、原稿用紙や書類をしまうための、桐《きり》の小だんすを買ったりして、ご主人とも会えば挨拶をかわすようになっている。


細部はあいまいだが、こんな話を聞いた。

映画館や劇場がずらりと並んだ六区興行街に、最近はもうめずらしくなったサンドイッチマンがいる。

にぎわった昔ならいざ知らず、すっかり淋しくなってしまったその通りで、サンドイッチマンを使う効果などあるのかと首をかしげたくなるが、どうもその裏には篤志《とくし》家《か》の存在があるらしい。

小さなプラカードを手に、毎日その通りへ現われるサンドイッチマンの一人は、花月劇場だかどこだか、とにかくその興行街にあった劇場の裏方をしていた人物だという。

大道具だという人もあるし、照明だという人もいる。いや、あれはなんでもこなす重宝な裏方で、六区興行街の主《ぬし》のような男だったと話す人もいた。

六区がさびれ、その主のような人物が働く場もなくなったとき、救いの手が現われて彼にサンドイッチマンの仕事を与えたのだ。

テレビ全盛の時代に、サンドイッチマンのプラカードに広告を出すスポンサーなどそう多くはあるまいが、浅草の劇場でしか生きるすべを知らない名物男を、いつまでもそこで暮らさせてやりたいと、わけ知りの旦那衆が入れかわりたちかわりスポンサーになっていた。

その厚意にこたえ、サンドイッチマンのプラカードは文字も絵も趣向をこらし、身ぶりも派手なものだったが、十年、十五年とたつうちに、プラカードはだんだん軽く小さくなり、それを持つ本人も道ばたにじっとたたずんで、ほとんど動かなくなって行った。

そしていつのまにか姿を消していた。生ビールが好きで、七十をすぎたあとも、ときどき〈正直屋〉でジョッキを手にしているのを見たという人もいるが、どうやらもう亡くなったらしい。

とにかくそのサンドイッチマンはもう六区にはいない。彼を六区で暮らし続けさせた篤志家が誰だったかも、はっきりしなくなっている。

いかにも……あまりにも、浅草らしい話だ。ささやかだが、歳月の重さをはね返す強靭《きょうじん》さを秘めた、息の長い話だ。サンドイッチマン氏の人生は不幸だったかも知れない。

　しかし、どこか田舎で浅草の灯《ひ》を想《おも》いながら晩年を過ごすよりは、その不幸も少しは軽かったのではあるまいか。

　この話を聞いたとき、私は小説に仕立てられると思った。

　しかしそれを頭の中でひねくっているうちに、そんな自分の根性が嫌《いや》になってしまった。人ごみの中から生まれた人情の雫《しずく》のような宝石を、ペンでつついて傷つけるようなことはすまいと思った。語りたければ、聞いた範囲であるがままに語ればいい。エノケン、ロッパ、シミキン……そしてデン助と、大きな顔を描いた極彩色の看板が去来する六区興行街の虚空《こくう》に、小さなプラカードを持った老サンドイッチマンの姿をつけ加えてくれる人もいることだろう。

〈ROX〉の四階で本を探すのに時間を費やし、ようやく気に入った本を手にしてそこを出ると、もう五時半を過ぎていて、私はひさご通りから千束《せんぞく》の習字塾へ向かおうとした。

　だがまず、ひさご通りの左側にある下駄屋で引っかかってしまう。下駄が好きで浅草へ来てからは、この時とばかりいつも下駄をはいて歩きまわっているが、やはりもう今は下駄の時代ではなくなったらしい。

道がすべて舗装されてしまったから、桐を鑢《やすり》でこすっているようなあんばいで、歯がすぐすり減ってしまう。また新しく下駄を買う時期へ来ているのだ。

脂性《あぶらしょう》だから普段の下駄は竹ばりと、子供のころからきまっている。竹ばりの下駄はまだ売っているが、雪駄も下駄も実用品ではなく趣味のものになりはてて、鼻緒が粋すぎたり派手すぎたりで、ごく当たり前のものを探すのに手間がかかる。

〈まつもと〉というその下駄屋さんで、なんとか地味な鼻緒の下駄をみつけて買った。鼻緒を別に選んですげ替えてもらえばいいのだが、私は子供時分から下駄屋で鼻緒のすげ替えを待つのが嫌《きら》いだった。床屋と下駄屋が苦手だったのだから、かなり気が短いほうなのだろう。

そう言えば、五十すぎても下駄の歯の減りかたが子供のときとまったく同じだ。私の場合、右の前歯の右端から減って行く。よく右と左を交互にかえて履けと叱《しか》られたが、それをするのもあまり好きではなかった。自分の癖通りにちょっと減りはじめたころが一番歩き易い。そしてその馴染《なじ》みかたを楽しんでいるうちに、左右がまるでアンバランスになってしまう。

下駄をはくたび死んだおふくろや親類の者の顔を思い出すのは、足の裏から子供の自分がよみがえってくるせいだろう。下駄をはいて浅草をうろつく私は、ひと足ごとに過去を踏んづけて歩いているわけだ。

下駄を買って千束通りへ渡ろうとした私は、言問通りの信号が赤になっているうちに気がかわり、ちょいと左へそれて〈正直屋〉の戸をあけてしまった。〈正直屋〉は知る人ぞ知る〈ビヤホール〉である。先代から生ビールに凝りまくっている。温度はもちろん、泡のかげんまで一杯ごとにスプーンですくっては、店主の納得が行くまで手間をかけて、すぐにはジョッキが客の前に出てこない。客の収容数は十人くらい。椅子に坐ると背中はガラスのドア一枚で言問通りの歩道。前はカウンターでおでん鍋《なべ》の湯気が顔に迫り、その向こうに店主が一人きり。コックを片手でおさえて、生ビールをチョロチョロとジョッキにしたたらせ、それが一杯になったころスプーンで余分な泡をすくいとり、ビールを少し落ちつかせてからまたチョロチョロと足してくれる。

赤信号で足をとめたとき腕時計を見たら、ちょうど六時だったのでその店へ来てしまったのだ。

六時開店で、開店するとすぐ勤め帰りの常連で満席になってしまう。だからその時間、すぐそばの信号で足をとめられたのは、もっけのさいわいというわけだ。

黙って坐れば店主も黙って生ビールをジョッキにつぎはじめる。念のいった生ビールを四杯ほど飲んでお勘定。さっさと席をあけないと、待っている人に悪い。

どうも浅草には、こういうタイプの店が多いようだ。一品か二品、とびきり念入りな料理があって、そのほかはマアマアという……。それを知らないで入ると、なんだたいしたことはないじゃないか、ということになりがちだ。


下駄と本の入った紙袋をぶらさげていったんマンションへ戻り、買ったばかりの本をめくっていると電話がかかってきた。

浅草へ遊びに来た知人からお座敷がかかったのだ。場所は〈都鳥〉という料亭さん。

いくらなんでも綿パンに下駄ばきじゃ悪いから、ちょっと着替えて出かける。今のすまいからだと、〈多満喜《たまき》〉〈婦志多《ふじた》〉の次に近い料亭が〈都鳥〉である。マンションを出てからそこまで、所要時間は一分と三十秒くらい。

銀座を根城にするその旦那衆は、芸者さんたちが来ても特に芸の所望はせず、仲間同然の酒のやりとりが続く。何しろ見番のすぐそばだから、朝晩顔をあわせるお姐《ねえ》さんに酌《しゃく》をしてもらうのが妙に照れ臭い。先方は地つきの人でこちらは新参なのだ。

はじめて会うお姐さんがたも、どうやらみんな私のことを知っている様子。……ああ、あのマンションの五階へ入った小説家の人……などと言ってくれるが、作品ではなく住んでいる場所で知られたのが幾分なさけない。

そう言えば、〈のぶ助〉という頑固おやじがやっている赤提灯で、ついこのあいだこんなやりとりがあった。

〈のぶ助〉は七十幾つの頑固おやじがやっている小さな店で、ときどきその娘さんで四十がらみの女性が手伝いにくる。

出すものはおでんに深川めし。ごく小ぶりな鉄鍋に入れたすき焼、煮豆やぬたの類。刺身などは出さない。……この歳で毎朝魚河岸《かし》になど行っていられるかよ……というのが刺身を出さない理由だ。……そんなのを食いたきゃよそへ行きな……という悪たれがそのあとに続く。

その頑固おやじが私の前で新聞をバサバサ畳みながら、

「女の直木賞だってよ。見たかい」

と言った。

「ああ知ってる」

「女もえらくなりやがったな。えれえご時勢だ。男はかたなしさ」

「まったくだな」

「あんたも小説書くんだろ」

「ああ」

「俺んちなんかで飲んでねえで、早いとこ銀座なんかで景気よくやったらどうだい。まだ若《わけ》えんだしさ」

そう励ましてくれた頑固おやじは、私が帰ろうとすると、

「まあ今日は店の奢《おご》りにしとかあ。しっかりな」

と、上機嫌でタダにしてくれた。理由は判り切っている。ここでもまた、小さな人情ばなしが生まれたのだ。その励ましにこたえ、やがて晴れがましい身になった私が久しぶりに〈のぶ助〉をおとずれると、もう娘さんだけになっていて、私が仏壇に線香をあげて手を合わせると来れば、ことはトントン拍子なのだが、世の中そううまく行かないので残念だ。

旦那がたはめいめい運転手つきの自分の車で帰った。私は芸者衆といっしょにそれを〈都鳥〉の前で見送り、女将《おかみ》さんたちと飲みなおすことになった。

次は〈たろう〉でその次が〈赤ひげ〉。

〈赤ひげ〉のひげ男は私がいるマンションのとなりに住んでいる。

〈赤ひげ〉はカラオケ・バーで、そのひげ男が住んでいる建物の一階にも、カラオケをやる小料理屋〈美舟〉がある。〈赤ひげ〉が毎晩ずいぶん遅くまで頑張ると思ったら、そのひげ男氏が早く帰っても、階下《した》のカラオケでなかなか眠れないから、そっちが終るまで自分の店で頑張ってしまうのだという。

騒音公害だなどと野暮な苦情を言って角《つの》つき合わせないところが、いかにも浅草だ。〈都鳥〉の女将や芸者衆と仲よしになって、上機嫌でマンションへ帰ったが、とうとう千束通りの習字塾へは行きそびれた。

それも少し変わった男だ。

名は結城《ゆうき》と言う。幼いころから絵心があり、美術学校を出てモダンな彫刻家になりかけたが、突然和服しか着なくなって仏像ばかりを彫りはじめた。

彼の作品である仏像の一体が、今も私の仕事場にある。

ところがそのうち、扁額《へんがく》しか彫らなくなった。素材と文字の組合せに奥深いものを発見したというのだ。

今どき扁額なんてそう需要のあるものではなかろうと案じていると、そのうち行方が判らなくなった。

日本橋の美術商と深川の設計事務所から仕事をもらっていたのだが、その両方に訊いても所在が判らない。扁額を作るのもやめてしまったらしい。

原因は、さる政治家の揮毫《きごう》を扁額にすることだったという。その政治家の文字が気に入らなかったらしい。こんな汚い字を彫るのはごめんだと駄々をこね、それでも頼むと言われたら、プイと姿を消してそれっきりになったそうだ。

それ以来十数年間音信不通で、浅草へ越してきたらようやく彼が習字の塾を開いていたことが判った。子供たちに書道を教えるかたわら、俳句の会を主宰したり、その同人に俳画を教えたりもしているという。

恵まれた才能をどんどん儲《もう》からないほうへ傾けて、しまいにはお習字の先生になって、俳句を作りながらおわろうとしている。

あしたこそ、その結城の顔を見にゆかなければ、と思いながら私は仕事机のそばで横になった。

どんな顔の男になっただろうか。まさか私のように、鏡に映る自分の顔から目をそらすような男にはなっていまい。その生き方にはどこか気骨があり、話に聞いただけでも風格がある。

人ごみの、その人の林にわけ入って、一本一本を根元から梢《こずえ》まで丹念に眺めると、姿のよい木というのは思いがけずたくさんあるものだ。

そうだ。あした結城に会ったら、〈のぶ助〉へ連れて行って飲もう。頑固者同士で、きっと気が合うことだろう。

第四話　つくしんぼ

今度の仕事場は、浅草三丁目の見番《けんばん》の裏手にあるマンションの、五階の部屋だ。この三月の末からそこで原稿を書いている。

ドアをあけると靴脱《くつぬ》ぎと下駄箱の狭いスペースがあり、最初の部屋には、右側の壁にそって複写機やワープロ、ファクシミリなどを並べ、左の壁ぞいには畳一帖《じょう》分の特製の台が置いてある。

台の下は物入れで、上に畳がはめこんであり、そこに卓袱台《ちゃぶだい》を置けば食事くらいはできるが、たいてい蒲団《ふとん》が敷きっぱなしで、もっぱら仮眠用のベッドといったあんばいだ。

その先は左右二つの部屋に分れていて、右の洋間は書架を作りつけて書庫になっている。

左の和室は座卓を置いた仕事部屋で、原稿用紙や文具類を入れる小箪笥《こだんす》が二つと三尺の押入れ、それに辞書事典用の本棚。それだけでもうほかの物を置く余地はない。

入口左手にドアがあって、その中は洗面所にトイレに浴室。浴室ははじめから納戸《なんど》に使うつもりだったから、ゴルフ道具その他のガラクタがつめこんであり、洗濯機を据《す》える位置には、洗濯機のかわりに冷蔵庫が置いてある。

入ってすぐの部屋の、ワープロやファクシミリを並べた部分は、本来キッチンであるべき場所なのだ。だが、流しやガス台など必要ないからそんな物は取り払い、ついでにベランダにあったガス給湯機も撤去してもらった。

だから水が出るのはトイレと洗面台だけで、浴室は納戸がわりということになった。

もうこの部屋では本を読み、文字を書くだけで、テレビもなければラジオもない。

こういう簡単な仕事場にできるのも、浅草という便利な町のおかげだ。

その簡便至極な仕事場で目がさめ、時計を見ると十時少し前だった。カーテンをしめ切っておいたから、時計を見るのにもまず蛍光灯《けいこうとう》をつけてかからねばならなかった。

そうたいしたことはないが、昨夜の酒がまだ少し体の中に残っている。顔を洗っているうちに濃いコーヒーが飲みたくなったので、〈エル〉へ行こうと服を着て下駄をはいた。

ところが一階へおりてみると、外はザーザー降りだった。

マンションの入口から珈琲専門店の〈エル〉までは約四メートル。私は下駄を鳴らして〈エル〉へ駆けこんだ。

「あらまあ……お早うございます」

〈エル〉のおかあさんがそう言って迎えてくれる。はじめの「あらまあ……」は、傘をささずに飛びこんできたことを言っているのだ。

「エスプレッソ」

と注文してからカウンターの椅子に坐ろうとすると、

「おはよ」

と聞き憶えのある声がした。見ると〈旬〉のターちゃんの笑顔がすぐそばにあった。

「どうしたんだい、こんなに早く」

私はカウンターの椅子から離れ、小さなテーブルをはさんでターちゃんと向き合って坐った。店の中はコーヒーの香りで溢れている。

「店を閉めてから朝まで飲み歩いちゃってさ。ついでだからそのまんま河岸《かし》へ行って今帰ったとこ」

ターちゃんは私が毎晩のように飲んだり食ったりしている小さな店の主人だ。

「ゆうべは来なかったね」

ターちゃんが逆に私に言う。

「ああ、旦那衆に〈都鳥〉へ呼ばれちゃって、そのあとこっちも少し飲み歩いたから、まだ酒が残ってるようだ」

「目が赤いよ」

「そっちこそまっ赤な目をしてる。早く寝な」

「てっぺんを買っといた。上物だよ」

「そりゃありがてえな。食いに行く」

てっぺんとは私とターちゃんの間の符丁で、鮪《まぐろ》の脳天の身のことだ。ちょっと高価だが私の好物で、ターちゃんはときどき私一人だけのために仕入れをしてくれる。

「また持ち込み、する……」

「そうだな、ちょうど辛口のもらいものがあるから」

エスプレッソが来て、私は小さなカップにそれを注《つ》ぎながら答えた。

極上の肴《さかな》には、それに見合った酒が欲しい。ターちゃんが私のために上物の仕入れをしてくれたときは、私もターちゃんの店にない特別な酒を持ち込むことがある。

二日酔いぎみで寝起きのコーヒーを飲みながら、私はもう今夜を楽しみにしていた。

ターちゃんは親切な男だ。帰りぎわ〈エル〉の店先に置いてある傘立てから、自分のとは別にきちんと巻いてある洋傘《こうもり》を一本引き抜いて、

「忘れ物」

と、私に手渡した。コーヒーを飲んで頭をしゃっきりさせたかったのも事実だろうが、雨が降っているので、ついでにその傘を私のところへ届けるつもりだったらしい。私は雨の中を去って行くターちゃんのうしろ姿を見送りながら、甘酸《あまず》っぱいような満足感を味わっていた。

浅草に吹く風と、私の揺れかたがよく合っている。この町の人たちの気のきかせかたが、私のとまるで同じなのだ。

押しつけがましく相手をいたわることをしない。遠慮していることさえ相手に気づかせまいとする。

これが東京西郊の高級住宅街となると、往々にして正反対になる。相手を大げさにいたわって自分の優位を主張し、くどく遠慮してみせて自分の礼儀正しさを強調する。その裏には地位や富を優先させた野蛮さが隠されているようだ。

ターちゃん心づくしの忘れ傘を手にして、私は雨の中を少し歩いてみる気になった。しゃがんでズボンの裾《すそ》をまくりあげてから、傘を開いて柳通りのほうへ出て行った。

両側の柳の枝が重そうに垂れている。見番の二階から鼓《つづみ》の音が聞こえていた。宮戸《みやと》座《ざ》跡の碑の前を通りすぎるとき、アパートの中から三味線の音が聞こえた。

下駄はもうビショ濡れだが、下駄なんてもともと水陸両用だからなんでもない。素足にかかる雨の感触がこころよかった。

雨は夜になってもやまなかった。だが降りかたはだいぶおだやかになって、霧雨に近い感じになった。七時ごろ傘をさして外へ出ると、道はくろぐろと濡れ光り、それへ店々の看板の灯《あか》りがいろとりどりに映えて、いつもの数倍も色っぽさが漂い出している。

〈旬〉へ行くと、雨のせいか客はまだ一人も来ていない。

「おはよ」

私は会津の蔵元から送って来た四合瓶《びん》をカウンターの上へ置く。

「お燗する……」

「その酒なら冷やのほうがいい」

私は椅子を引いて腰をおろした。毎晩のように来ているから、それ以上話すこともない。タバコに火をつけて、カウンターの上に置いてあったスポーツ新聞を読みはじめると、

「はいよ」

と言ってターちゃんが鮪の脳天の刺身をカウンターごしに寄越した。

黙ってその刺身に箸《はし》をつけ、冷や酒を飲んでいると、ターちゃんが尋ねた。

「習字の先生のとこへ行って来たの……」

「あ、いけねえ、忘れてたよ」

「ここへ来るお客さんが、その先生のことをよく知ってたよ。俳句をやってるんだってさ。とても俳句なんか作る人には見えないんだけどね」

ターちゃんはそう言って、勝手にアハハ……と笑う。

「そうだ、これ食ったら行ってみよう。会えなきゃ帰ってきて続きをやるから」

「じゃあこの酒、冷蔵庫へ入れとこうか」

「いいよ。もしピータンが来たら飲ましちゃって」

「営業妨害だな。うちだって酒売るんだよ」

別に苦情ではない。ただの冗談だ。ピータンというのは、その店で知り合った飲み友達の綽名《あだな》である。

「やっぱり鮪はてっぺんが最高だね。旨《うま》かったよ」

酒をコップに一杯と刺身を一皿食べて、私はそそくさと表へ出た。雨はさっきよりいっそう細かくなり、霧が揺れているような感じだ。道の両側にずらりと並んだ看板の、遠くの灯りが滲《にじ》んで見える。

「今晩は……」

自転車に乗った馴染の寿司屋の若い衆と、すれ違う。出前の帰りだろう。その先の角にも柳の木が一本あって、ながながと枝を垂らしている。

今日は閑《ひま》な日なのだろうか。その道に人影が絶えている。

傘をさし、下駄を鳴らして千束通りへ出た私は、通りを突っ切って小学校のほうへ歩いて行った。場所の見当はついている。小学校の先の細い路地を入った右側のはずだ。

そのあたりは商店が途切れて薄暗かった。探しあてた建物はモルタル二階建てで、一階は梱包《こんぽう》材料店だが、もうシャッターをおろしていた。

二階の窓からはあかあかと光が洩《も》れていて、その窓ガラスに〈結城書道院〉という文字が、古臭い丸ゴチックの書体で書いてある。

明らかに看板屋が書いた字だ。習字塾の看板なら、もうちょっとましな字を書けばいいのにと思いながら、私は左端にあるドアの前に立った。

そこにも〈結城書道院〉という木の札が打ちつけてある。こっちは墨痕淋漓《ぼっこんりんり》といった力感のある字だ。多分、結城が自分で書いたのだろうが、あいにく私は結城の筆跡がどんなだったか忘れてしまっている。

ドアフォンがついていたので、私はドアをあける前にひとまずそのボタンを押してみた。すると少し間をおいて、

「あいてますよぉ」

と、子供の声が答えた。

で、ドアをあけると、普通よりだいぶ幅の広い階段があった。青いカーペットを敷いて、一段ごとに黒いゴムのすべりどめがつけてある。カーペットはもうだいぶ汚れていて、両側の壁は肩の高さまで板目の壁紙が貼ってある。

その階段を半分ほどあがったとき、上でドタバタと人の動く音がして、

「おやすみなさぁい」

と節をつけた子供たちの声が聞こえ、ガラガラっと戸があいた。

習字の道具を入れた角ばった小さな鞄を手に、小ざっぱりとした身なりの子供たちが七、八人、威勢よく階段をかけおりてくる。

「今晩は」

と、すれ違う私にみんな声をかけて行く。それがいかにも世なれた感じなので、

「おつかれさん」

と、私もつい妙な挨拶を返して苦笑した。

その苦笑のまま二階の踊り場へあがると、畳一枚分ほどのスペースの突き当たりに細長い傘立てがあり、右は上半分に素透しのガラスをはめた二枚引戸になっている。

そのガラスごしに畳敷きの部屋が見える。広さは二十畳ほどだ。

ニスを塗った茶色い小机が、〈結城書道院〉と書いた窓ぎわにきちんと積みあげてあり、壁には半紙に筆で書かれた文字がびっしりと貼りつけてある。その中には色紙や短冊も少しまじっていた。

そして、白い半袖《はんそで》のワンピースを着た女が、私に背を向けて、黒塗りの二月堂を隅《すみ》へ運んでいるところだった。

ガラス戸をそっとあけると、ガラガラと戸車の音が響き、机を隅に置いた女がふり返った。

「あ……」

振り向いた女も、口の中で「あら……」と言ったようだ。

「なんだ……」

と私が言い、

「やだ……」

と女も言った。

「こういうことになってたのか」

「どうして……」

そこでやっと女の顔に笑みが泛《うか》んだ。

「とにかくあがって」

女に言われて私は敷居をまたぎ、うしろ手でガラス戸をしめた。そこにも青いカーペットを敷いた畳一帖分の踏みこみがあって、左側の壁に素木《しらき》の下駄棚が造りつけてある。

「あなた……ちょっと……変な人が来たわよ」

「変な人はねえだろう」

私は下駄を脱いで畳へあがった。畳は縁《へり》なしで、二十畳もの広さだから、どことなく柔道の道場のような感じだ。

ジャーッと奥で水を流す音がした。そのあいだに、女は片付けたばかりの二月堂をどまん中へ持ち出し、窓側へ薄い座蒲団を置くと、私にそこへ坐れと指さした。自分は「一期一会」と横書きにした正面の額を背に突っ立っている。

右隅のドアがあいて、薄茶のズボンに白いTシャツを着た結城が出て来た。トイレへ入っていたらしい。

結城もそのドアの前に突っ立って、まん中に坐らされた私をみつめている。

「なんとかしろ。これじゃお白洲《しらす》へ引き出されたって感じだ」

結城は、へへへ……と妙な笑いかたをする。

「久しぶりだね、チーフ」

私はこれまで二種類のチーフをやっている。一つは酒場のチーフで、もう一つは広告代理店の制作チームのチーフだ。

結城は広告代理店にいたころ、私のチームのスタッフの一人だった。四つ年下で、私とは幼馴染。呉服屋の次男だ。製版屋でアルバイトをしていたのを、私がスカウトして広告屋にしてしまったが、本人はそれも一時しのぎのつもりで、本当は彫刻家になる気だった。

「子供は……」

「いないわ」

女が答える。

「作らなかったんだ」

結城は中国風の小さな飾棚《かざりだな》の上から、青磁色の灰皿とハイライトを取りあげて私のそばへやって来た。女は正面左側にある襖《ふすま》をあけて奥へ入った。そっちがすまいになっているらしい。

「何年になるかな」

結城はそう言いながら、私のまん前に坐ってハイライトをくわえた。

「十四、五年か……」

私もポケットからキャビンの袋を出し、ライターをさしだして火をつけた。

二人いっしょに煙を吐きだしたとき、女が丸盆にグラスを三つとウーロン茶の缶を三つのせて出てきた。

「こんなふうにして会うのね」

彼女はそばに立ってしばらく私たちを見おろし、湿った声でそう言った。

「平《へい》さん、近くにいるんだな」

結城は私が脱いだ下駄のほうを見て言う。私の本名は平太郎だ。ユーモラスで弱そうで、結構気に入っているが、ペンネームには向かないと思っている。

「この春から浅草暮らしだ」

「どこ……」

「柳通り。見番の裏だよ」

「なんだ、それじゃあの中華屋のあとに建ったマンションだろう」

「当たり。浅草へ来たら、伸次が手習いの師匠をやってることは判ったけど、千賀ちゃんと一緒になってたとは気がつかなかったな」

「悪うござんしたわね。ここがあたしの実家なの。両親が死んじゃったから一階を人に貸して……」

そのあとをいい呼吸で結城が続ける。

「入り婿《むこ》が二階で寺子屋をはじめたって寸法さ」

「俺の仕事机のそばに、お前の虚空蔵菩薩《こくぞうぼさつ》が飾ってある」

私がそう言うと、結城は照れ臭そうな顔になった。広告代理店で少し働いたあと、ある日突然結城が結城紬《つむぎ》を着て出社し、部長に辞表を渡してそれきりになった。虚空蔵菩薩をもらったのは、その数日前のことだ。

それ以来、仏像ばかり彫っていたが、急に扁額《へんがく》を彫るほうへ転向し、結構それで食っていたようだ。

「元総理の字を彫れと言われたとたん、姿を消しちまったそうじゃないか」

「あれにはわけがあったの」

千賀子が説明してくれた。

「深川の建築屋さんが建てた茶室に、あの先生が勝手に名前をつけようとしたのよ。

建てたほうは一世一代の傑作だと思ってたから、その名前じゃ気に入らなかったの」

「どういう名前……」

「栄庵《えいあん》」

「そりゃくだらねえや。自分の名前の一字を他人の茶室にさげ渡そうなんて、図々しいよ」

「でしょ……日本橋の骨董屋さん経由で注文が来たのよ。深川も日本橋もこの人は世話になってるし、その両方が嫌がってるんだから、この人が代理で蹴《け》っちゃったの。あとでゴタついてもいけないから、ついでのことに行方不明」

「伸次らしいな。それじゃあと腐れのしようがない。それ以来ここで寺子屋か」

「うん」

結城伸次は淡々と頷いてみせる。私は千賀子がついでくれた冷たいウーロン茶を飲んだ。

「変なもんで、これが今までで一番暮らしやすかった。書道ブームってのかな。バタ臭いものにばかり目が向いていた反動だろう」

「へえ、そりゃいいじゃないか」

「平さんはなんで浅草へ……」

「三年ほど北海道へ行った。死ぬまであっちにいてもいいと思ってたんだが、地方選挙に巻きこまれた。俺なんざ自分の一票しか出せないのに、妙な電話がガンガンかかってきやがる。よそもんが余分なことをすると、家に火をつけるまで言われちゃってさ。別にこわくはなかったが、住むのが億劫《おつくう》になっちゃ、もうおしまいだ。勝手にしやがれってなもんで尻に帆をかけた」

「平さんも五十を過ぎたからな。結局生まれ育った下町へ戻ったわけだ。そう言えば本所《ほんじょ》深川よりこの浅草のほうが、昔の下町をよく残してる。正解かも知れないぜ」

「でも、六区のさびれかたはひどいな」

「なに、あれでいいんだ」

結城は意外なことを言った。

「もうじき娯楽の新しい風が吹いてくる。今の東京でそういう新しい娯楽のいれ物をずらっと並べられるのはあそこしかないよ。浅草はしぶといぜ。浪花節《なにわぶし》だの女剣劇だのって言ってる最中に、オペレッタだとかカジノフォーリーなんかを生み出しちゃう。そのころのエノケンなんて、めちゃめちゃ前衛的だったと思わないか。また来るよ。またきっと来る。六区から必ずまた何かがはじまるんだ」

ここにもまた、浅草に惚れ切っている男がいた。

「千賀ちゃんとはいつから……」

千賀子は女優だったはずだ。私が彼女を知ったのは、広告代理店でコピーライターをやっていたころだ。千賀子はモデルとして私の前に現われた。それも、手のモデルだ。指が長くて実に綺麗な手をしていた。女優としての運はなく、銀座の〈雅代〉という小さなクラブでヘルプのホステスをしていた。十一時半になるとさっさと帰ってしまう、お手伝い型のホステスだ。

「今はもうこんなよ」

千賀子は私に左手の指を反らせてみせた。荒れてしまったという意味だろうが、どうしてまだまだ美しい手だった。

「元総理の注文を蹴ったあと、しばらく遊びまわった。酔っぱらった勢いで、〈雅代〉でその話をしたんだ。そしたらこいつがそれを気に入りやがって……変な女だよ」

「どこが変よ。下町の子だったら、ああいうのは思いっきり蹴っとばすもんよ。みどころがあるって、そう思ったから」

「なんだ、それで一緒になったのか」

「籍入れの、式なしでね」

「新婚旅行はしたわよ」

「東武電車で日光と鬼怒川《きぬがわ》。それもロマンスカーじゃねえんだから笑っちゃう」

二人はうまく行っているようだ。

「亡くなったおやじさんは畳屋だった。子供は女ばかりだから、おやじさんが死んだら即《そく》店仕舞さ。それで下を貸して、俺が二階でこうなった」

「そう言えば万智子《まちこ》はどうした……」

私は銀座の〈雅代〉にいた千賀子の妹のことを思い出した。千賀子がその店で働いたのは、妹の万智子がいたからだ。

「結婚したわ。あれからすぐにね」

千賀子が軽く答えた。

「落籍《ひか》されちゃったの」

古臭い言いかただが、事情はそのひとことでよく判る。店に通っていた客と結婚したのだ。

「どんな相手……」

「不動産屋」

「そりゃいいじゃないか。金の使い道に困るって奴だ」

すると、千賀子と結城は顔を見合せて妙な笑いかたをした。

「そろそろ八時か。飯はまだだろ……」

「うん」

「じゃ行こう」

結城はそう言って腰をあげ、千賀子は丸盆にグラスをのせはじめる。結城が下駄棚からサンダルを取ったところをみると、どうやら近所の店へ行くつもりのようだ。

「先に行ってて」

千賀子は丸盆に空き缶とグラスをのせて奥へ入る。私と結城は階段をおり、外へ出ると結城が鍵を出してドアに錠をした。千賀子は裏から出てくるらしい。

「あがったな」

二人とも傘を持っていたが、さす必要はなくなっている。サンダルと下駄。二人とも素足だ。

「俳句も教えてるんだって……」

「よせやい。そんなもの教えるわけねえだろう。ただああいう場所だから、同人が集まりやすいんだよ」

「月に何回か仲間が集まるんだな」

「そう。一日《ついたち》十五日にね。そのほかに墨絵の会もあるし」

「気楽ににぎやかにか。結構な暮らしぶりだ」

「うん、俺もそう思う。浅草はいいよ、肩肘《かたひじ》張らずにすむから」

結城についてぶらぶら歩いて行くと、季節料理〈八勝亭〉という看板を出した店の前へ出た。

「ここだ」

結城は細い格子《こうし》に曇りガラスをはめた戸をあけた。その右側の柱に、勘亭流らしい文字で〈八勝亭〉と彫った厚い板が打ちつけてある。

「よう」

カウンターの中の板前は、頷くだけで返事もなく手を動かしていたが、結城のうしろに私がいるのを見ると、すぐ手をとめて、

「いらっしゃい」

と太い声で言った。

「これは平さん。こんなころからいじめられ続けてる」

結城は右手でカウンターよりやや上くらいの高さを示した。

その声を聞いたらしく、

「やだ、平さんが来たの……」

と、突き当たりの暖簾《のれん》から現われたのは、さっき話に出た妹の万智子だった。

「あれ……結婚したって聞いたぞ」

「ごぶさたしてます」

万智子は紺の絣《かすり》を着て、帯を紫の前掛けで隠している。寸ののびた、いわゆる泥棒手拭を肩から斜めの襷《たすき》にして、えらく甲斐甲斐《かいがい》しい。

「こちらへどうぞ。奥のほうが落着くでしょ。傘はお預りしますから」

「どうなってんだ、これ」

私は結城の顔を見た。

「おねえちゃんも来るんでしょ」

傘を入口の脇の傘立てへしまいながら万智子が張りのある声で訊く。

「ああ、すぐ来るよ」

カウンターの中の肥った板前が、湯気の立つおしぼりを万智子にさし出した。

「はいどうぞ。ほんとに久しぶりね。でも下駄なんかはいちゃって」

万智子は私たちのそばへ来てそう言う。

「見番の裏へ越して来たんだってさ。とうとうみつかっちゃったよ。腐れ縁て言うんだな、こういうのは」

事情がはっきりしないまま、私はおしぼりを顔に当てた。店の中は冷房がよくきいていたが、外が蒸し暑かったので熱いおしぼりがこころよかった。

「こんばんは……あらガラガラじゃないの」

千賀子も踵《かかと》のやや高いサンダルをはいて来た。私たちのほかに客はいないから、遠慮のない喋《しゃべ》りかただ。

「おねえちゃんは……」

千賀子が結城のとなりの椅子に腰をおろしながら万智子に訊く。

「大《おっ》きいちゃんは八百屋さんへ行ったの。三つ葉を買い足しに」

「すると、千賀ちゃんたちは三人姉妹か」

「そう、大きいちゃんは百合子。そいでもって千賀子に万智子。百、千、万よ。つながってるでしょ」

万智子がそう答え、勝手にビールとグラスを運んで来た。

「じゃ、この店は……」

すると万智子はカウンターの中の肥った男へ人差指を向けた。

「大きいちゃんのお店」

その男は角刈りの頭をペコリとさげてみせ、人の好さそうな笑顔になる。

「俺が生まれた家の近所のお兄ちゃんで、四つ上なんだ。同じ小学校へ通って、広告代理店でも一緒だった。銀座の〈雅代〉へ最初に連れてってくれたのもこの人さ」

「そりゃどうも」

角刈りがまた頭をさげる。私は店の中をあらためて見まわした。目の前のテーブルはガステーブルだし、壁に並べた品書《しながき》の札の先頭には、ちゃんこ鍋と書いてある。斜めの位置にあるので、ガラスが光ってよく見えないが、壁の中央あたりには、股を開き両手を拳《こぶし》にしてすっくと立った力士の写真が飾ってある。

「あの写真は……」

私が訊くとビールを注《つ》いでくれていた万智子が答えた。

「あの人。大きいちゃんの旦那さん」

「道理でいい体格をしてると思った」

「ちゃんと十両までは行ったのよ」

千賀子が言い、万智子がそのあとを続ける。

「腰をいためてふた場所で引退。それじゃなきゃ大関くらいは行ったわよね」

元関取はカウンターの中でアハハ……と笑っている。

「四股名《しこな》は……」

「荒木。本名のまま引退しちゃったの」

本名のまま、というのが、私にはいかにも出世の早い新進気鋭の力士らしく思えた。

「残念だったねえ」

「大きいちゃんがファンだったの」

「お相撲ならファンじゃなくて贔屓《ひいき》だろう」

「違うわ。だって部屋へ訪ねて行くようなことまではしなかったんだもん。テレビで見るだけ。だからファンよ」

万智子はそういう区別をしている。

「じゃあ引退してから知り合ったの……」

「そう。デートして結婚してお店出したのよ」

まったく簡潔な説明である。だがそのあとがちょっとおかしかった。

「うちは落ち目好みなの」

威張った顔でそう言うのだ。

「落ち目好み……」

「そう。つくしんぼなのよ」

「どういう意味だい」

「万智《まっ》ちゃん、よしなさいよ」

千賀子が苦笑している。

「いいじゃない、本当《ほんと》なんだもん。お相撲さんが腰をいためて引退したら落ち目もいいとこじゃない。大きいちゃんはそういう人に尽したくてお嫁になっちゃったし、おねえちゃんも落ち目の絵描きさんをみつけてうれしがってる」

「かなわねえな、万智子には」

結城がのけぞって笑った。

「すると、結婚したそうだけど、万智子の旦那も落ち目なのかい」

私が尋ねると千賀子まで笑いだした。

「この子変なのよ。ご亭主が不動産でガンガン稼いでるとき、口説かれて結婚したくせに、この人は絶対今に貧乏するってきめちゃってるの。だからガメつく臍繰《へそく》って、お店をやる仕度をしてるのよ」

「だってもう落ち目がはじまってるんだもの。あいついま、中古のベンツに乗ってるの。以前は新車が出るたび買いかえてたのにさ」

「それでもベンツはベンツだよ」

私は呆《あき》れて万智子をみつめた。

「家は田園調布なんだ。この店が閉まるころになると、旦那がベンツで迎えにくるのさ」

結城が秘密を打ちあけるような言い方をした。

「毎晩……」

「そう、毎晩さ。この店は水曜が定休だけどね」

「水曜日には何をしてるんだい」

私は万智子に訊いてみた。返事はあっけらかんとしている。

「ゴルフ。山中湖に別荘があって、すぐそばがゴルフ場なの。お客を呼んでパーテーをやったりしてね。今のうちせいぜい楽しんどかないと、もうすぐ落ち目だもん。だから水曜以外は飲食店経営見習い」

「つくしんぼ姉妹か。お前も楽してるよなあ」

私は結城を見てつくづくそう言った。万智子は満ち足りた結婚生活を送りながら、やがて夫が没落することを信じているらしい。妻として本当の出番はそれからだと、手に唾《つば》してその時が来るのを待っているような様子である。

そのあとすぐ、長女の百合子が八百屋から戻ってきた。

その百合子も、屈託のない、いい顔をしていた。

第五話　一文の酔

下駄ばきの浅草ぐらしをよろこんで、うかうかと日を過ごしているうちに、着る物も半袖《はんそで》が長袖になり、夜はその上にカーディガンを羽織って歩いていると、もう酉《とり》の市《いち》のポスターが目につくようになってしまった。

「こんなに早く日がたっちゃいけねえんだよな」

柳通りの〈石松〉のカウンターで焼酎のお湯割りを飲みながらそんなぼやきを口にすると、

「ほんと。ゆうべだって洗い物をすませて家《うち》へ帰ったの、五時だもんな」

と、おやじが相槌《あいづち》をうった。

マメで律義な仕事っぷりの、いいおやじだけれど、その相槌は私の持った感慨と、少しばかり外れている。

入口のほうに若い客が四、五人かたまっているのだ。

〈石松〉は繁昌《はんじょう》している店で、よく満席の時に戸をあけてしまうことがある。ただしやけに回転がいいから、それが十五分かそこらでガラガラになったりもするのだが。

で、今夜も足を向ける前に、

「空《す》いてる……」

と、電話をしたのだが、その電話に最初に出たのは、若い男の声だった。

入口の隅に赤電話があるのは判っているから、いつものことで、そばにいる客がおやじのかわりに出たのが目に見えるようだった。

その上でやってきたのだが、これがなんとも……奇遇という言葉が恥ずかしがるくらいの、奇跡的なめぐり合わせだったのだ。

カウンターのいちばん奥の端に電気炊飯器が置いてある。どの店でも自分の好きな席というのはあるもので、〈石松〉ではその炊飯器のそばが私の好きな位置だ。

そこだと、

「来るとすぐおかまのとなりへ坐《すわ》っちゃう」

という冗談も言えるわけだ。

で、好きなおかまの横へ坐って飲みはじめるとすぐ、おやじが私に言った。

「中村さんて人、知ってるかい。以前新宿で知り合いだったそうだけど」

私は即座に答えた。

「中村賢也《けんや》だろ。知ってるよ」

おやじは入口のところにかたまっている青年たちの一人を指さした。

「最初に電話に出たの、その人の息子さんだってさ」

「まさか……どれよ……」

すると青年の一人が私のほうへ顔を向けて軽くお辞儀をしてみせた。

「おやじがお世話になったそうで」

私は呆《あき》れ返った。

「ほんとかおい。あの賢ちゃんの息子ぉ……」

「ええ」

青年は笑顔で答えた。

「とすると……」

私は青年の年恰好を見て計算した。二十二、三年前、私は新宿の広告代理店にいた。満三十歳のとき水商売の足を洗ってコピーライターになったのだ。

中村賢也はそのときの同僚である。

「あれは巣鴨新田《すがもしんでん》だったかなあ……。喜楽《きらく》って中華そば屋の裏のアパート……」

「ええ、僕、喜楽の裏で生まれたんです」

言っちゃ悪いが、それは木造のボロアパートだった。中庭のようなところに、何かの木が生えていたような気がする。私も当時西巣鴨の木造アパートの二階に住んでいて、だから一、二度彼のところへ遊びに行っているはずだ。

〈石松〉へはよくタカちゃんを引っぱって行く。タカちゃんは落語家で、芸名は橘家《たちばなや》鷹蔵《たかぞう》。橘家円蔵の弟子の中でも尻《し》っ尾《ぽ》のほうだ。

そして師匠の円蔵がまだ二ツ目で舛蔵《ますぞう》と言ったころ、私は中村賢也の助けをかりて、その舛蔵がラジオで演《や》るコントを書きまくった。

そのコントの数たるや、ひと晩で七本。週に五回やるから五・七の三十五本が年間五十三週で一千八百五十五本だ。

番組は二年続いたから、私と中村賢也が書いたコントの数は三千七百十本という計算になる。

多分それをやっている最中にできた賢ちゃんの子供と、私は夜ふけの浅草でめぐり合ったわけである。

舛蔵は売れっ子円鏡から円蔵というでかい名を継ぎ、そのいちばん末のほうの弟子のタカちゃんでも三十だ。私も作家になって、もうくたびれた。

考えてみれば友だちの倅《せがれ》が〈石松〉で飲んでいたってちっともおかしくはないくらい、時計の針は充分にまわってしまっている。

でも人生という奴は、どうしてこういつも人の不意をつきやがるのか。油断を見すかして小突《こづ》かれたような気分だ。

「賢ちゃんによろしく言っといて」

私は倅さんにそう言うのが精一杯で、憮然《ぶぜん》として飲んでいた。

「こんなに早く日がたっちゃいけねえんだよな」

……ぼやいたのはそういうわけだ。その心は、顔のわりに察しのいい〈石松〉のおやじにだって判るわけがない。

いつまでしんみりしてるわけにも行かないから、

「おやじ。長靴振興会をこしらえたろう」

と、文句をつけた。

「いや、どうもどうも」

おやじは軽く笑って受け流す。格子戸をあけると右が壁でトイレまで直線。左側に椅子が並んでカウンターが直線。とっつきが鉤形《かぎがた》に曲がってそこにも椅子が二つか二つ半。電話はその左の隅にある。ときどき角《かど》に坐っちゃう奴がいるから二つ半だ。

長いカウンターの中の守備は、奥がおやじで手前がおかみさん。おかみさんはきもの姿でいつもまっ白な割烹着を着ているが、昼間はスカートをはいて、背筋をしゃんと伸ばしたい姿勢で自転車を乗りまわしている。

雷門のそばでまごまごしている赤い二階だてバスを追い越して行く姿などは、甲斐《かい》甲斐《がい》しくて今どき主婦の鑑《かがみ》と言うべきだ。

そのご亭主が、外を歩くときはゴム長をはく。私がしゃれで〈日本下駄振興会〉という名刺を作ったら、おやじがすぐ真似《まね》をして〈日本長靴振興会〉という名刺を注文した。

どっちも会長で、今のところともに新規の会員募集はない模様。で、私が真似されたと文句をつけたのだ。このところ台東区内では、下駄振興会と長靴振興会が対立している。

そしてこの対立する二つの振興会の名刺を受注した業者の名がピータン。ピータンは綽名で本名は別にある。当たり前か……。

ピータンは私のよき飲み友だちで、落語家のタカちゃんよりはずっと年上なのだが、なぜかめちゃめちゃ若く見えるので、私にはどうしても好青年としか言いようがない。

それが神田《かんだ》の集英社のすぐそばで印刷屋をやっている。だから両振興会の名刺がピータンの手で作られたのだが、写植屋さんが長嘆息したそうだ。

「浅草には変わった人が多いなあ」

だって。

〈石松〉のおやじは知る人ぞ知る芸能人だ。歌がうますぎて、そこらのカラオケじゃやってらんないから、ってんでレコードに二曲吹きこんでカセット・テープまでポニーから出しちゃった。曲名は下町人情に男の絆。ポスターやジャケットには店の正面の写真がちゃんと使ってあり、そういうのを芸名と言っていいのかどうか判らないが、作詞家や作曲家の名と並んで、唄・浅草石松と書いてある。本名は石川さんだ。

その〈石松〉へどういうはずみかピータンが毎晩行くようになった。皆勤賞という奴だ。

ところがその皆勤賞のピータンにおやじの言った科白《せりふ》がふるっている。

「鬱陶《うっとう》しいからそう毎晩毎晩来るな」

……荒っぽい言い方だが、実はそれは商売する側の本音で、あまり本音そのものだから私は大笑いした。

そういう店をやっていちばん苦労するのは、客が来るとすぐに出す、いわゆる突きだしという奴だ。

お愛想に出すタダ同然の品だから、手をかけすぎたり値が張ったりでは商売にならない。その昔、新宿のキャバレーで突きだしに相当するオードブルを一皿百円取って

いたころ、原価を八円におさえるコックはいい腕だと言われた。売り値の一割に当たる十円でやると、

「そんなならコックなんか要らねえ」

と叱《しか》られる。で、八円以内でやり抜こうとすると、結局一カ月間同じ品が続くことになってしまう。そうそう安くて見映えのいい品などありはしないのだ。

鬱陶しいから、というのはそういうことなのだ。毎晩来る客はありがたいが、同じ突きだしが三日続くと、カウンターの内側の人間としては内心忸怩《じくじ》たるものがある。客は平気でもやる方が良心的だと、どうしてもそうなってしまう。

「あしたは突きだしを変えなきゃ……」

だから鬱陶しい。その鬱陶しさをモロにぶつけられるピータンは、おやじがそれだけ気を許し、愛されている客だというわけである。そしてその風景を脇で見ている私には、良心的に鬱陶しがるおやじも、それをぶつけられておかしがっているピータンも、切ないほど好ましい友人たちなのである。

白い割烹着姿のおかみさんが横を向いてボールペンを持った。若い連中が帰るらしい。

「じゃあ失礼します」

旧友の倅が言い、その奇跡に近い邂逅《かいこう》はおわった。つもる話がある相手かも知れないが、なにしろいまだ垂乳女《たらちめ》の胎内にありしとき会ったきりなのだから、そんな具合にあっさり別れるのが順当だろう。ただ私は、出会いという形で現われる人生のややこしさに感じ入るばかりだった。

そのややこしさが続く。

肌寒くなったから、千束通りの〈八勝亭〉というちゃんこ鍋屋へ足が向くのだ。ちゃんこ屋で〈八勝亭〉とはいかにもそれらしい。場所ごとに八勝以上していれば、途中で力士をやめてちゃんこ鍋屋をはじめなくてもよかったわけだ。

でも店をはじめたからには、いつもいつも七勝八敗ではいられない。常に八勝はしていないと赤字で店を閉めることになる。だから〈八勝亭〉は、褌《ふんどし》を締めてかかった自戒の屋号であるに相違ない。

荒木、という本名のままの四股名の、十両ふた場所で引退してしまった元関取がその店の亭主で、かみさんの名が百合子さん。

「平《へい》さん、大《おっ》きいちゃんが怪我《けが》して病院へ来ちゃったのよぉ」

暗くなってから仕事場の電話が鳴って、出るとけたたましい女の声がそう言った。

相手はすぐ判った。万智子《まちこ》である。〈八勝亭〉のおかみの百合子さんの妹である。百合子と万智子の中間にもう一人いて、名前が千賀子。三人で、百、千、万の語呂《ごろ》合せになっている。

「どうしたんだ……」

「交通事故よ。たたないソープのとこで」

それですぐ事故現場は判った。病院の名を訊くとその近くだ。病院へ来ちゃった、と言っているから、万智子がいまその病院にいることは間違いない。

「すぐ行くよ」

私は電話を切ると、下駄をはいて浅草警察から千束五差路のほうへ急いだ。旧吉原遊廓《よしわらゆうかく》に接したあたりに、旅館だか住宅だかを持っていた人がいて、ソープランドが受けに受けていたから、それを潰《つぶ》して自分もソープランドをやろうとしたらしい。

ところが潰してサラ地にしたところで、例の新風営法騒ぎにぶつかった。どういう規制に引っかかったのか知れないが、とにかく新しい風営法のおかげでソープランドは建てられず、いまだにむなしく駐車場にされたままだ。

だから、たたないソープというのは、万智子をはじめ一部土地っ子のきわどいしゃ

れである。それを転用して、

「駐車場にしちゃうぞ」

という女性への悪態もある。それを更にひねくると、

「うるさいわよ、駐車場のくせして」

と、よそ者には何がなんだか判らない男性への罵辞《ばじ》となる。

いずれにせよ、どうしてもたたないところが味噌なのだ。

病院へ行ってみると、なんのことはない、自転車に乗った百合子さんが、たたないソープのそばで、向こうから来た車をよけそこね、ころんで膝《ひざ》をすりむいた程度のことだ。

「大げさなんだよ、万智子は」

その三人姉妹の中で、今のところ私がいちばん気易くできるのは末の万智子である。彼女は銀座の〈雅代〉というクラブの人気者で、ブルースをひどく黒っぽい歌い方で朗々とやってのける。はじめはプロだと思ったくらいだ。

まん中の千賀子は売れないモデルだったが、手が綺麗なので手だけの仕事で私と知り合った。私が中村賢也と別れて別な会社へ移ってからのことだ。

でも手のモデルだけではやって行けないので、万智子がいた〈雅代〉でヘルプのホ

ステスをしていた。その亭主に納まったのが私の古い友人の一人で、いま習字の塾をやっている結城伸次という男。

長女の百合子さんとは、浅草へ来てから知り合った。

その百合子さんは、包帯を巻いた右足をひきずって、私の肩につかまり、小さな病院から〈八勝亭〉まで歩いて帰った。

「ただいま……あらいらっしゃい。大きいちゃんが交通事故やっちゃって大変だったのよ」

万智子は常連らしい客に目を丸くして言う。

「たいしたことないんです。ただ自転車でころんだだけだから」

百合子はすまなそうな顔でその客に言い、

「やだわ、万智《まっ》ちゃん」

と眉を寄せる。

「ちゃんと寝てなきゃダメよ、怪我人なんだから」

万智子は店を抜けて奥へ行きかける百合子を送り、あわてて手にした小さな紙袋を振ると、

「あ、大きいちゃん、忘れ物。パンスト」

た。

百合子は振り返って万智子を睨《にら》んだあと、客に向かってふきだすように笑って言った。

「やだわ、この子」

と言った。

「お医者さんがパンストの上から包帯巻くわけないじゃないのねえ」

ここの客もとぼけるのが好きらしい。

「そんなもんかなあ」

「一度はいてみようか」

「やめとけよ、自転車でころぶぞ」

「へ……ママ今パンストはいてねえんだってさ」

「ばか、おやじの下手投げ食うぞ」

カウンターの椅子へ腰をおろしながら、私はそれで元関取荒木氏の得意業《わざ》を知った。

「おい、自転車どうした。ダメになっちゃったか……」

カウンターの端の私には、中のそんなやりとりも聞こえる。

「自転車なんてどうでもいいでしょ。なによ、こっちはもうちょっとで縫わなきゃならないとこだったのに」

万智子が私のうしろへ来て両肩に手を当て、

「厩《うまや》火事、厩火事」

とクスクス笑う。さすがは浅草っ子だ。

「麴町《こうじまち》のサルが菜っ葉をちぎってる」

そういうことは私も嫌いじゃない。

「お酒……ビール……」

「ぬるめの燗がいい」

すると万智子がカウンターの中で白菜をちぎっている荒木氏に言った。

「師匠、平さんがお燗だって」

「師匠……」

荒木氏が妙な顔をした。

「あ、大きいちゃんがいないんだ。あたしがつける」

万智子が紺暖簾の奥へ消えた。

「大きい騒ぎになんなくてよかったね」

「おかげさんで。いえね、お花の先生のとこへ行って、いつまでも喋くってやがるからなんですよ。あそこへ行くといつでも長いんだから」

「それで暗くなっちゃった、ってわけか」

「そう、だいたい自転車こぐの、うまくないんですよ、あいつは。ついこないだもね、自転車買いかえようかって言うんですよ。どうしてだって訊いたら、古くなったから馬力が出ねえってぬかしやがんの。交差点でさ、自動車が一時停止して自転車に先《さき》横切れって合図するでしょ」

「うん」

「そういうとき、あいつは力がねえからノソノソとしか走りだせないわけですよ。馬力がねえのは自転車じゃなくて、てめえだってえの」

チン、と奥で音がした。当節は酒の燗も手軽で早い。

「でも浅草の中なら自転車がいちばん便利だな。車の通れない道がたくさんあるから」

「まったく。堅気じゃない人たちまで自転車乗りまわすからね」

元関取も店をやってすっかり苦労人になっている。堅気じゃない人、などという言い方がスラスラ口から出るところをみると、そういう人もこの店のお客さまらしい。

「でも面白いもんだね。堅気じゃない人が自転車に乗ると、やっぱり股をひろげて堅気じゃないようなこぎかたをするからな」

元関取が豪快に笑った。

「はいおひとつ……あち……」

万智子がそばへ来て、自分が運んできた銚子《ちょうし》を持とうとし、その指ですぐ耳たぶをつまむ。

「ぬるめの燗がいいって言っただろう」

「そんなファイン・チューニングできないのよ、あの電子レンジ」

「電子レンジで燗をするな。ちゃんこ料理だろ、ここは」

「いいからおひとつどうぞ」

「ありがとさんよ。フーフー吹きながら飲む酒なんて久しぶりだ。大きいちゃんに叱《おっ》られるぞ」

「大きいちゃん、いま昔のスラックス出してはいてるわ。肥《ふと》らないのってトクね」

万智子はそう言ってカウンターの中の荒木氏をみた。

「なんだい」

「重山規子《しげやまのりこ》って知ってる……」

「ああ、スターだよ」

「その人のファンだった……」

「ああ、好きだったねえ、それがどうかしたのかい……」

「大きいちゃんがいま引っぱりだしたスラックス、その人の真似して買った奴なんだって。それがはけちゃったのよ。お相撲さんと一緒になったのにちっとも肥らないの。すごいわねえ」

「俺のせいみたいな言い方だな、まるで」

荒木氏は照れたように笑う。

「でもさ、大きいちゃんて、お兄さんとおんなじくらい食べるじゃない。すごいわよ、やっぱり」

「だから俺のせいじゃないってぇの」

「でもすごいわぁ」

万智子はテーブルの客のほうへ行った。

「女の姉妹《きょうだい》ってのは嫌《や》だね、あれだもん。……ほんと、俺のせいじゃないんですよ」

そこへほっそりとした百合子さんが出て来た。細身《ほそみ》の黒いスラックスをはいている。足の包帯を隠したのだが、それはそれでウエストがしまり、結構色っぽい。

「万智《まっ》ちゃん、着がえなさい」

万智子はまだダークブルーのスーツを着ている。いつも営業時間中は紺絣《こんがすり》を着て帯を紫の前掛けで隠し、襷《たすき》がけという甲斐甲斐しいいでたちなのだ。

「だって病院へお見舞なんかしに行ってたんだもん」

「誰のお見舞……あたしここにいるわよ」

「やだ、そんなにとんがっちゃ。まだ厩《うまや》火事の続きやってるの……」

「いいから着がえて来なさい。汚すわよ。そのスーツだって安くないんでしょ」

「はいはい、だ。平さんちょっと待っててね。二階で化けてくるから」

「生意気言うんじゃないの、店員のくせに」

ほっそりした百合子さんが、しっかり身の入った体つきの万智子を着がえに追いやると、自分はテーブルのほうへ行って椅子に腰をおろす。

「ママ、だいじょぶかい」

「ごめんなさい、腰かけちゃって」

「いいんだよ。それよりたいしたことなくてよかったじゃないか」

「おかげさまで」

テーブルにはビールが三、四本並んでいて、なんとか〈八勝亭〉は平常運転に戻ったようだ。

ただし事故騒ぎの余波はある。

私が四本目の銚子を半分ほどに減らしたとき、ばかでかい籠《かご》に蘭の花をしこたま盛りこんだのを抱えた男がやってきた。

入るとき戸をさんざんガタガタさせたから、客はみな何事かと入口をみつめていた。

「戸がこわれちゃうじゃないのよ」

とんで行って戸をあけてやった万智子が、とがった声でそう言った。

「すまんすまん。これをどこかへ置きたいんだ」

男の顔は花に隠れてよく見えなかった。

「なによ、こんなに蘭ばっかり。こっち、こっちしか置くとこないわよ」

「すまんすまん」

男は万智子に先導される恰好で紺暖簾の奥へその花籠を運んで行った。

百合子さんが、私のそばで溜息をついたようだ。

「あれは……」

「万智子のご主人」

男はすぐに出てくる。私のとなりの椅子があいていて、

「よかったね、たいしたことなくて」

と言いながら無造作にそこへ腰をおろす。キーッ、ガタンと、椅子が大きな音をた

てた。

生地《きじ》のいい茶の三つ揃《ぞろ》いに、ピンクのストライプが入ったシャツを着て、ネクタイはどうやらランバンらしい。

胸が厚く首が太い。その太い首のあたりが汗ばんでいるようだ。

「早くお見舞の花をと思ったんですけどね」

「あんな立派な蘭を……そんなにしていただくほどの傷じゃありませんでしたのに。ほんのすりむいた程度で」

カウンターの中から荒木氏がおしぼりを差しだし、百合子さんがそれを受取る。冷やしたおしぼりだ。

「どうぞ」

「あ、ありがとう。どうも汗っかきでしてね、わたしは」

銀座の〈雅代〉にいた万智子にプロポーズしたのがその人物だ。ご当人とは初対面だが、不動産業で盛大にやっているという話は聞いている。家は田園調布で別荘が山中湖にある。

いずれ食べ物屋をやるつもりの万智子は、目下〈八勝亭〉で飲食店経営見習い中の身。出勤は電車だが、帰りはその旦那《だんな》がベンツで迎えに来てくれるそうだ。

年は万智子より十六歳上だというから、もう五十になっているはずだ。

「道がこんでいて車が動かんのですわ。焦《あせ》って車の電話で番号案内へかけて、やっと病院へかけたらもう帰ってしまわれたというじゃないですか。しまった、やはり遅かったか、と……」

万智子が私とご亭主の間へ上半身を斜めにねじこむようにして、

「あんた何言ってんのよ、しまった遅かったかなんて。怪我人に言う科白《せりふ》じゃないでしょ」

と、鋭くささやいた。

「あ、いかんいかんいかん。いかんなあ、俺は」

「ね、こういう人なんだから」

万智子は私のほうへ顔を向けてそう言う。私はごく品のいい、控えめな香料の匂《にお》いを嗅《か》いだ。ガラッパチをよそおっても、締めるところはきっちり締めているのがこの辺りの女性のいいところだ。

万智子は体を引いて私とご亭主のそばに立ち、

「はい、これがいつも言ってる平《へい》さん。ちゃんとご挨拶なさい」

と言う。

「やあ、これはこれは、はじめましてはじめまして。そうですかそうですか、お噂はこれからいつも伺っております。どうかひとつお見知りおきを」

私は、浴びせ倒し、というきまり手を思い出しながら、西田善四郎という名刺を受取っていた。下手投げを得意とした元関取が、こっちを見てニヤニヤしている。

百合子さんは茶色い液体をいれたグラスを西田氏の前へ置いた。車を運転してきたのだから、冷たいウーロン茶らしい。

「こりゃどうも。じゃあひとつ、乾杯ッ」

私もつい盃《さかずき》を持ちあげてしまった。西田氏はそのウーロン茶を一気に飲みほすと、赤い線が入ってピカピカ光る、にぎやかな感じの腕時計を見た。

「どうもはじめてお目にかかるそうそうでなんなんですが……」

西田氏はグラスをカウンターの上へ置くと、私に顔を寄せてそう言い、声を低くした。

「目の中へ入れても痛くないという奴でしてな……参っとるんですわ、いまだに」

言いおえると片目をつぶってみせ、ワッハッハ……と笑って立ちあがった。

「まだ会わねばならん相手が一人おりますので、いったん失礼しますわ」

カウンターの中の荒木氏にそう挨拶し、百合子さんに送られて、

「やあ、よかったよかった」

と言いながら出て行ってしまった。

「まるで台風だな」

私が言うと万智子がそばへ来て口をとがらす。

「何がよかったよかったよ。いつだって違う科白を言っちゃうんだから」

「でもあれはかなり万智子を愛してるぞ」

「うん」

「うん……それだけか」

「だってそうだもん」

万智子は慈愛に満ちた笑顔を見せた。そう、その笑いかたはかなり母親っぽくて、たしかに慈愛に満ちたという感じだった。

三人姉妹のまん中の千賀子と、その亭主で私とは古い付合いの結城伸次は、ちょうどその朝旅行に出ていて会えなかった。

でもなぜか私は、万智子の母親っぽい笑顔とエネルギッシュな西田氏とのつながりかたがうれしく、その笑顔をそのまま抱いていたかったから、四本目の銚子でおつもりにして〈八勝亭〉を出てしまった。

上機嫌で柳通りへ帰りかけると、向こうからピータンがやって来て、

「先生、飲みに行かない」

と誘う。

「どこ……」

「一文《いちもん》」

「いいね。お供しましょう」

「やだな、そういうの。俺が払うのにきまっちゃうもん」

「行こう行こう。お供するお供する」

私は西田氏を思い出しながらそう言った。

〈一文〉も知る人ぞ知る、といった店だ。一文、五文、十文と焼印をおした木札を現金と換えてもらって、店内ではその札しか通用しない。若い人が集まって、会費制でワイワイやるにはそれがいちばんいい。予算が立てやすくて足が出ない。

板の間に囲炉裏、座敷にカウンター、テーブル席。いろいろあって水車に石灯籠《いしどうろう》などという飾りもあるし、各地の地酒をやたら揃えている。こういう店を宣伝して今以上にはやらせすぎると毒だから、場所などは知る人ぞ知るということにしておこう。

万智子の笑顔でうれしくなっていたから、いや飲んだのなんの。旨い酒でいい酔いだった。〈一文〉の一文は百円で、百文あったら二日酔まで買える。このところ私はすっかり〈一文〉づいている。

第六話　おたんこなす

引っこしてきた三月も、まだ寒かったけれど、その前に三年ごし住んでいたのが北海道だから、東京の寒さなどはじめから眼中になかった。それが浅草三丁目に仕事机を置いて、植木市だ、ほおずき市だと近所のにぎわいにつられて浮かれ歩き、蒸し暑い東京の夏を久しぶりに味わっていたら、もう風が冷たくなって夜遊びも億劫《おっくう》になってきた。酉《とり》の市《いち》はとうに過ぎて、観音さまの裏手ではどうやら羽子板市の仕度がはじまった様子。

「おお寒《さ》ぶ」

と言って〈旬〉へとびこんできたその女を見たのは、十二月はじめの晩だった。

「今夜は冷えるよぉ」

ターちゃんが、蟹《かに》しんじょを塗りの器に盛りながら、その湯気の中で言った。蟹しんじょの客は奥の二人連れ。カウンターには私だけで、今夜は生牡蠣《なまがき》で熱燗をやっている。

つるっ、と小粒の牡蠣。ターちゃんが置いてくれた二本目の熱燗をあいた手で取ってぐい呑みに注《つ》ごうとして、あわててやめる。

左酌《ひだりじゃく》では縁起が悪い。なに、いつもは右でも左でも融通無碍《ゆうずうむげ》にやっているのだが、さすが師走《しわす》で、そろそろ縁起をかつぎはじめている。

苦しいときの神だのみ。神だのみなら縁起の悪いことはしないにこしたことはない。しあわせそうな顔で、熊手《くまで》や羽子板をかついで帰るような身分じゃないんだから。

黒のタイトスカートに臙脂《えんじ》のブラウスを着て、ハンドバッグはなしの、ミンクのコートを羽織っている。ホステス、それも近所の……と見たその女が、

「あたしも熱いのがいいわ」

とターちゃんに言う。あたしも、と言ったのは、私が持った銚子を見たからに違いない。

「寒いからね。つくまでこれでつないどけば……」

私はつまんだ銚子をおろさずに、そのままターちゃんとその女客の中間あたりの方角へさしあげてみせた。

ターちゃんは笊《ざる》に入ったぐい呑みをひとつ、カシャンと音をさせてとりあげ、カウンターごしに私の手から銚子を取った。

「はい、お聞きの通りですんで」

「あら、すいません」

女はターちゃんからぐい呑みを受取り、カウンターごしの酌を受ける。

「ちょっと待ってて」

そうターちゃんに言い、注がれた酒を一気に呷《あお》って、

「かけつけ三杯」

とぐい呑みをさしだした。ターちゃんは泰然自若と二杯目をついでやっている。

「三杯は嘘。あとでお返ししますからね」

女はぐい呑みをカウンターに置いた。

「うちは、チン、じゃないからね」

ターちゃんは電子レンジがないことを、そんな風に言う。

「わ、通《とお》ってく、通ってく」

女は頤《おとがい》をあげ、ブラウスの胸もとをつまむような仕草をした。

年は二十五すぎ、三十手前くらい。小ぢんまりとした顔に大きな目。その目尻《めじり》に笑い皺《じわ》があって口もとに愛敬《あいきょう》がある。美人だが大美人というほどではなく、勝気そうだが男まさりという感じもなく、おてんばがそのまま育ったという奴だ。

それが胃の腑《ふ》に酒がしみわたって行くとはしゃいでいる。相当飲《い》ける口とみた。

「おたんこなす、来た……」

ターちゃんにそう尋ねる。

「いや、ここんとこちょっと顔をみせないな」

ターちゃんは平然と答えるが、私にはずいぶん久しぶりに聞くことばだ。

「おたんこなすか……懐しいな」

私がつぶやいたのを女は聞きのがさなかった。

「あら、どうして……」

「おたんこなすなんて、久しぶりに聞いたからさ」

女は朗かに笑う。

「久しぶりだって。今だってここへちょくちょく来て飲んでるのに」

「熱燗ね」

ターちゃんはカウンターの中で燗の具合をみているようだ。

「そう」

おたんこなすの件はそれきりになった。女の知り合いで、その女からおたんこなすと呼ばれている男がいるらしい。

女は先週惜敗した競馬の話をターちゃんとはじめ、私は黙って酒と生牡蠣。

「はいお返し」

燗がついたところで一度ターちゃんが私に酌をし、銚子をその女のほうへ持って行った。さして長くもないカウンターの端と端で、お互いに軽く会釈《えしやく》をかわし、女はそれを飲みおえるとあっさり〈旬〉を出て行った。

「そう言えば、おたんこなすってどういう意味だろう。このごろあんまり言わなくなっちゃったね」

女が帰ったあと、ターちゃんがお愛想のように私に尋ねた。

「どうせろくなことじゃないさ」

「俺たち子供のころ、おったんちんなんて言ってたな」

「ばかとか間抜けとかだと思えば間違いない」

物の本によれば、寛政、享和《きようわ》のころ、新吉原で嫌《いや》な客をそう呼んでいたとある。更にさかのぼれば関西で、おたやんとか、おたちんとかいう言い方があったらしい。意味はお多福ちゃん、といった程度のことで、それほど悪いことばではなく、しかも江戸とは逆に女性に向けられたことばだったようだ。

となると、おたんちんのほうが先で、おたんこなすはそのあとのことばということになる。

似たようなのに、どてかぼちゃ、というからかい語があり、このほうは戦中戦後の食糧難時代に発生したというが、真偽のほどは私には判らない。

生牡蠣をもう少し食べたかったが、生牡蠣などは店で出す定量でやめたほうが利口だ。新鮮でも食べすぎるとあたるのが、貝や白子《しらこ》類《るい》のこわいところだ。

かれいのから揚げを注文したところで、ガラガラッと戸があき、がっしりした体つきの男が入ってきた。

「いらっしゃい。あはは……」

ターちゃんが妙な迎えかたをした。

「なんだよ」

男は顔をみるなりターちゃんに笑われて、苦笑しながらまん中あたりの椅子に腰をおろした。

「ごめん。ついさっきまでミッちゃんがそこにいたもんだから」

ターちゃんはカウンターの外へ出てきて、さっきの女の銚子とぐい呑みを片付け、カウンターの上を拭いた。

「それ、美津子のか……」

「そう」

「あん畜生」

男は私をちらっと見て、照れ臭そうに左手で顎《あご》など撫《な》でたりしている。

「こんばんは」

ときどき会う相手なので私は軽く挨拶した。そうすると、その男がおたんこなすということになる。

ちらりちらりとだが、こんな具合に人間模様が見えてくるところは、浅草も銀座も新宿も、そう変わらない。

おたんこなす氏は、襟《えり》に毛皮のついた黒の革ジャンを着ていて、いま黄色い毛糸の手袋を脱ごうとしている。シルバー・グレーのズボンの生地《きじ》は、どうもギャバジンのようだ。履いている靴はブーツらしい。

顔は彫りが深く、幾分渋い二枚目模様だが、どことなく、おたんこなすと見れば見れなくもない。

なぜまっ黄色な毛糸の手袋なのか、と私は心中いささか面白がっていた。

「寒いからお燗しようか」

ターちゃんが親切に訊いているが、男は首を横にふる。

「いい。冷やで」

夏のはじめごろから〈旬〉でときどき顔をあわす客だが、無口で滅多に喋らない。

ターちゃんは銚子とグラスをその男の前へ置く。

「きぬかつぎ、食べる……」

「するめがいいな」

「うちはするめ、出さないってば」

ターちゃんは私のほうをみて笑った。

「するめを焼いて出したら、俺の出番がなくなっちゃうもん」

「でもこのあいだ、くさやを焼いてた」

「くさやのいいのなら一応置くけどさ」

「あれははた迷惑だ」

おたんこなす氏は珍しくよく喋っている。

「あのにおい、俺は苦手だぞ」

「判ってる。でも好きな人は好きなんだよね。こんでるときはなるたけことわっちゃうけどさ」

「するめだらあんなにおいなどせん」

だいぶよそで飲んできたらしく、いつもよりよく喋るその男のことばに、私は北の訛《なまり》を感じた。

「でも、あれをやったら鯛《たい》もひらめも余っちゃう」

「いかは魚の仲間さ入れてもらえんがか」

だんだん訛がはっきりしてくる。

「きぬかつぎ、食うかい」

ターちゃんは持て余し気味だ。

「同じ芋だべし。じゃが芋でもなんでも持ってこいや」

たしかに北海道のことばだ。

「道東ですか……」

椅子を二つおいたとなりに坐っている相手だ。私は笑いながら尋ねた。

「道東……」

男は眉間《みけん》に深い皺を作って私をみつめる。できるだけ愛想よくしたつもりなのに、妙にしらけた間《ま》ができてしまった。

「そう、俺は釧路《くしろ》の近く。漁師あがり」

今度は訛のないことばでそう答え、コップについだ酒をキューッと呷った。

話の継ぎ穂がなくなって、余分なこと言ってしまったとくやみながら、私も手酌でむっつりと飲みはじめる。

おたんこなす氏は背中を丸め、グラスに掩《おお》いかぶさるような姿勢でじっとしている。いつもそんな姿勢でむっつりとカウンターに坐っているので、以前から私には気になる客の一人だった。

北の生まれ、と指摘されたのが気に障《さわ》ったのだとばかり思っていたが、

「俺たち、よくこの店で会うな」

と、笑顔で言いだした。

「ター坊の料理が好きなの……」

訛はすっかり消えている。

「まあね。ターちゃんはいいもの仕入れるから」

「仕入れのよしあしも才能だよな」

話の筋は通っている。

「するめだって高いのがあるのに」

その声はターちゃんに向けられていた。

「うちじゃ建て前はやらせないの」

冷や酒にするめ……それを客にやらせないのも、ターちゃんの美意識なのだろう。

「かれいはでかいほうがうまい。そんなちっちゃなのを揚げて食ったって、骨食うみたいなもんじゃないか」

鉾先《ほこさき》が私のほうへまわってきた。陰でおたんこなすと呼ばれているわけが判る気がした。

「それもそうだな。今度からもっと大きいかれいを食おう」

私がそう答えたとたん、男はまたグラスに掩いかぶさるような姿勢になって沈黙した。

「おい、ビールくれ」

奥の客の声でターちゃんが動く。ビールを置いて戻ってくると、カウンターの端の柱のそばに立って一服しはじめる。

「このごろ、ゴルフしないみたいだね」

「寒いからな」

「今からそんな弱音はいてちゃ、四月ごろまでゴルフはできないよ」

「そうでもないさ。そのうちまた毎週ってなことになる。心境の変化がコロンコロンだから」

「でもことしはもうおしまいかなあ、俺も」

ターちゃんが、当たりさわりのない話をしかけてきているのはよく判っていた。

「俺、不器用なんだよなあ」

おたんこなす氏がそう言った。

「普通の話をしてるつもりなんだけど、いつもこうなっちゃうんだ。俺が釧路から出てきた田舎者だからってわけじゃないんだ。釧路にいたときからこうだったんだ」

彼は正面を向いたまま言い、冷や酒をグイッと呷る。まわりにうまくとけこめず、近づこうとすればするほど遠のいてしまうのを嘆いているその横顔は、いたいたしいほど陰気臭かった。

「ター坊、俺、ドラムへでも行ってくる。勘定してくれ」

「まだ一杯だけだもん。こん次いっしょにしてよ」

「そうか。じゃ帰る」

彼は残りの酒を呷って立ちあがった。

「ミッちゃんと喧嘩しないで」

ターちゃんがそう言って送りだした。

「うん」

彼は静かに戸をしめて去った。

「なんていう人……」

「黒川さん。美容院を三軒持ってる」

「意外だな。美容院なんて人一倍愛想がよくなきゃやれないはずなのに」

「全部人まかせ。別れた奥さんがそっちのほうのプロでね。だから奥さんに美容院やらせて、自分は長距離トラックの運転手をやってたんだよ。うまく行かなくて奥さんが出てったあと、残った家来にまかせたらこれが大当たり。張り切ってやったから繁昌しちゃってさ。それでその下の家来にもう一軒やらせたらこれもうまく行って、いまじゃ鶯谷《うぐいすだに》からこっちへかけて、三軒になっちゃった」

「そうか、自分は客の前へ出ないんだ」

「悪く言うわけじゃないけどさ。あれで店を手伝ったりしたらブチこわしになっちゃう。本人も今みたいに気にしてるけど、いつだってあの調子だから」

「先に帰った女性は……」

「あれは土地っ子。にぎやかすぎるとこあるけど、いい子だよ」

「黒川さんとは……」

「一度くっついて今は別《べ》っこに暮らしてる。でもしょっちゅう会ってるみたいだから、キッチリ別れたっていうんでもないみたい」

「ややこしい関係だね」

「黒川さんだって根は優しくていい人なんだよ。でも、さっき自分でもそう言ってたけどさ、たしかに不器用なんだよね。すぐに人をしらけさせちゃって」

「正直すぎるのかな……」

「じゃ、俺たち不正直みたいじゃない」

「俺を巻きぞえにするな」

ターちゃんは屈託のない笑いかたをした。

翌《あく》る日、用があって駒形橋《こまがたばし》の近くまで行った。あい変わらず下駄ばきだが、風が冷たくなったから紺足袋をはきだした。

羽子板市のポスターに、歳末助けあい運動の共同募金。はとバスできた外人たちが、さかんに写真を撮っている。

時間は三時ちょっと前で、昼飯がまだだったから〈フジキッチン〉へ寄った。

「いらっしゃい」

「英ちゃん、来た……」

すぐそばが雷門で仲見世の裏側。仲見世の人たちが昼食に使う店だ。だから客同士ほとんどが顔馴染。フリの客はごく少なくて、浅草に縁の深い俳優などが、昔をしのんでポツリポツリと顔を見せる。

「今日はまだです。ここんとこ、いそがしかったんですか」

「そうでもないけど、天気がよくなかったし」

「急に寒くなったからねえ」

マスターとママ、プラスときどきお手伝いの人、という二・五人でやる店だ。マスターはいつも長くて白いコックの帽子をかぶってカウンターの中にいるが、白い帽子を脱いでも中身はまっ白。若白髪《わかしらが》という奴だ。

このご夫婦が私の小説をひいきにしてくれて、毎月雑誌が出るとすぐ読んでくれる。別に批評がましいことは言わないからありがたい。

だいたい、このごろ私が各誌に書くのは、三十枚程度の短篇が多いのだが、このあいだ二百枚のを書いたら、

「あれはとても一度には読み切れない」

と言っていた。話の様子ではどうやら立ち読みらしい。

ビーフシチューを注文して棚にあったスポーツ紙をひろげていると、平尾がやって

きた。

「よう、どうしたい。このごろあんまり現われないな」

あんまり現われないと言ったって、せいぜい三日か四日のことだ。会うときはほとんど毎日会っているし、一日に二度会うことだって珍しくない。

「今日も外国の団体さんが多いな」

平尾は仲見世の鞄屋の旦那で、私と彼との付合いももう三十年をこえている。

「外人さんてのは、楽しみかたを知ってるねえ」

平尾は今さらのように言った。

「たいした買物をするわけじゃないけど、一軒一軒丹念にのぞいて……俺たち外国旅行してあんなに丁寧に楽しむかな。それにマナーがいいんだよな」

「外国旅行……すればいいじゃないか」

私がそう言うと、〈フジキッチン〉の立ち読み夫妻が声を揃《そろ》えて笑う。

自律神経失調症というのかどうか知らないが、平尾は閉鎖的状況の中に長時間いられない。つい先日も商店会か何かの熱海《あたみ》旅行にそなえて、小田原まで電車に乗るトレーニングをした。地下鉄が苦手、トンネルが苦手、ホテルのパーティでもなるべく入口近くにいるというほどだ。

「でもほんとだぜ。どこへ行ってもすぐああいう風に馴染んじゃうってのはいいことだよ」

私はそのとき、ゆうべ会った黒川氏の、なんとなく生き心地の悪そうな姿を思い泛《うか》べた。

そのあと、文具店へ寄るのにオレンジ通りへ出ると、黒川氏とミッちゃんに会った。いや、向こうは気がつかなかったのだから、その二人を見たというべきだろう。洋品店の飾窓を、二人は仲良さそうにのぞきこんで、すぐその店の中へ入って行った。

二人きりだとうまく行くのかもしれない。私はミッちゃんが働いている店へ飲みに行っては、彼女を困らせている黒川氏の姿を想像した。

声をかけるほどの付合いではなく、私は文具店へ行って買物をすませ、帰りぎわ洋品店の中をちらっと見ると、二人はまだそこにいて、セーターか何かを選んでいるようだった。

入口の引き戸の右側に飾窓のようなガラスばりの棚があり、そこに蛇《じゃ》の目《め》傘《がさ》らしい和傘が二本……骨が黒塗りのと赤塗りのが斜めに飾ってあって、ほかに古びた一升徳利がひとつ。

〈傘屋〉という小料理屋だ。

仲見世の平尾の友人にちらっと聞いてから、このごろときどきその店へも顔を出す。竹と網代《あじろ》を多用した内装で、ばかに粋《いき》な造りの店だ。店主に華道や茶道の心得があるのは、店内の要所要所に置かれた花器や陶磁器の選びかたですぐ判る。

カウンターの端にある袖垣《そでがき》風に曲げた孟宗竹《もうそうちく》と、その空間にはめこんだ竹籠目《たけかごめ》も濃い飴色《あめいろ》の艶《つや》が出て、欅《けやき》のカウンターについた古いタバコの焦《こ》げ跡さえ、どことなく趣きを感じさせる。

カウンターの椅子は六つで少ないが、入口の左に一つと右の壁ぞいに三つ、四人がけのガスコンロをはめこんだテーブルがあって、その椅子は一人がけではなく、縁台を使っている。

縁台の表面は当然のように緋毛氈《ひもうせん》が貼ってあり、その上に紫色の椅子座蒲団が置いてある。普段は各テーブルとも四人席だが、その紫色の椅子座蒲団を増やせば、縁台式だから最大六人連れまでが同じテーブルにつける。

テーブルごとの仕切りには飛騨《ひだ》か三河《みかわ》か、焦茶《こげちゃ》に塗ったしっかりした造りの板衝立《いたついたて》を使い、その上部三分の一は太い縦桟《たてざん》になっている。

テーブルのある側の壁は、肩の高さまで柾目《まさめ》の杉を使った腰板で、その上は白い漆喰《しっくい》。天井がやや低めなのは、照明器具や冷暖房の換気ダクトを網代でうまく隠してしまったせいだろう。

この季節だから鍋はふぐにあんこう。ほかには鯛のかぶと煮がいけて、ほうぼうやおこぜなど、根魚《ねうお》を上手に煮て食わす。

ほとんど自力で探しあてた店だ。まだ〈旬〉や〈石松〉のようにツーカーの仲になってはいないが、ここなら銀座ずれのした連中でも文句はあるまいと、そのうち誰かを驚かしてやるつもりで、せっせと顔づくりをしている最中なのだ。

その〈傘屋〉へふらりと行ったら、昼間オレンジ通りで見た美津子という女に会った。

いちばん奥のテーブルで、二人の男とふぐちりをつついていた。

「すいてるようだから、あんこうを食わしてもらおうかな」

そう言うと、四十を少し過ぎた年恰好のおかみが、

「どうぞどうぞ」

と愛想よく言って私をまん中のテーブルにつかせた。実をいうと、その店で鍋の仕度をさせるのはこれがはじめてである。いつも一人でくるからカウンターで煮魚を食

べている。

とにかく、すいていたおかげで、おたんこなす氏の彼女らしいミッちゃんと、衝立をへだてて背中あわせに坐ることになった。

「やだ、あたしが買ってあげたのよ」

坐るとすぐそんな声が聞こえた。

「お酒にしますか……」

おかみが私のすぐそばに立って訊く。

「うん。煮こごりと」

「高清水のぬる燗、でしたね」

おかみがニッと笑ってみせた。ちょっと大柄でじみな結城、草色の前かけ。

「大きいほうで」

カウンターの中の棚に、二合の燗徳利がずらりと並んでいる。

「はい」

おかみはテーブルの中央にはめこんだガスコンロの蓋板《ふたいた》を外して去る。

「どうだった……もう着てたでしょ」

背後では美津子の声が続く。

「どうも黒川にしちゃ、いいセンスだと思ったよ」

「ほんとはメルサへ連れてこうと思ったんだけど」

「セーターより手袋を買ってやればよかったんだよ。あの黄色い手袋、なんとかしちゃえよ」

「ダメ。あれは北海道のお母さんが編んで送ってくれたんだって」

「それよりさ、そんなに仲がいいんだったら、店やめてかみさんになっちゃえよ。わざわざ物事をややこしくすることねえだろ」

「彼が正直でいい人だってのは判ってるわよ。でもさ、おたんこなすなんだもん」

私はひとり笑いをしかけ、その衝動に耐えた。タバコに火をつけて内心ニヤニヤしていると、おかみが酒と肴《さかな》を持ってきた。

「はい、どうぞ」

酌《しゃく》をしてくれる。

「お近くのようですね」

「そう。よろしく」

「もうずいぶん来ていただいてます。今後ともよろしくお願いします」

「それにしても浅草はふぐ屋が多いね」

「ええ。だらけ、で」

「そのうち友だちと来るよ」

ついでもらった盃《さかずき》を乾《ほ》すと、おかみはもう一度酌をしてくれて私のそばを離れた。

「おたんこなすより、ぬめっこい遊び人のほうがいいってわけじゃねえだろう。おたんこなすがあいつのとり柄《え》だよ」

おや、と思った。どうやら男二人は黒川氏の友だちらしい。友人代表が当人にかわってミッちゃんを口説いているのだが、それにしてもその三人は、おたんこなすの意味を正確につかんで喋っている。

「ああいう奴は浮気しないぜ。おたんこなすだもん、どこ行ったって好かれるわけねえや」

「それどういう意味よ。それじゃあたしはばかみたいじゃない」

「違う。目が高いんだよ。美津子だからこそあいつのいいとこに気がついたんだ」

「おだてててもダメ。あんなおたんこなすじゃなくて、もっと捌《さば》けてて浮気なんかしないんだったらいいんだけど。はじめっからできないで品行方正なんての、つまんないわよ。今までだって、どれだけかばってあげたか判んないくらいよ。あいつ、なんか勘違いしてる。やっぱりおたんこなすよ」

「勘違いじゃないだろ……美津子に惚れてんだよ」

「あたしはおたんこなすでかわいそうだから同情したの。同情よ、同情」

「それでいっしょに住んだのか」

「そうよ。でもやっぱりあいつはおたんこなすなんだもん。あたしがついてなきゃ、両隣りとだってうまくやって行けないんだから。おとなりの奥さんとベランダで顔をあわせたときだってこうよ。……ご主人のシャツ、肱《ひじ》のとこがほころびかけてますよ、そろそろ新しいのにしたら、だって。本人は雨が降ってきたのを教えてあげるくらいのつもりで言ってるんだけど、洗濯物をほしてる奥さんにしたら恥ずかしいじゃない。それから廊下で会ってもそっぽ向かれちゃった」

「それが一生ついてまわるわけじゃあるまいし」

「あのおたんこなすは癒《なお》りゃしないわ。昼間仲見世をまっすぐ歩いてごらんなさいよ。人にぶつかってしょうがないじゃない。正直者でまっすぐ歩くからいいってもんじゃないでしょ」

「まあそう言わないでさ」

男の一人が美津子に酒をつごうとしたらしい。

「もういい。お店があるから。それよりさ、お願いだからもうそういうことあたしに言わないで。あいつのことはあたしなりに考えてんだから。おたんこなすだけの一翻《イーハン》であがるか、もうちょっと手を作るか、いまが境い目なんだからさ。それに、髪結いの女房ってのがちょっと面白くないし」

私は笑いを噛みころすのに骨を折った。背後の席の男たちは遠慮なく笑い声をたてている。

「おばちゃん、お茶ちょうだい」

美津子がおかみにそう言ったとき電話が鳴り、

「ミッちゃん、お店から」

と、逆におかみが呼んだ。美津子が私のうしろで席を立つ動きが伝わってくる。

「はい美津子です……あ、そう、すぐ行く」

通話はかんたんにおわる。

「あたしのお客が来ちゃった」

そう言いながら美津子は席へ戻った。

「はいお茶。あんまり飲んじゃダメよ」

私の勘では、美津子と〈傘屋〉のおかみは縁続きのようだ。

「あ……茶ばしら。今晩いいことありそう」

これはダメらしい、と私は黒川氏を思い出しながら思った。ミッちゃんが彼と短いあいだ同棲したりしたのは、本当にうまく遊べない子に対する同情からだったような気がしてきた。

「茶ばしらをどうするんだい」

「ずっと前からコレクションしてんの」

「なぜ……」

「ここ一番てとき、茶ばしらだけでお茶いれて飲んじゃう。だからあんまり出ないうちにこうやって取っちゃうの」

割箸《わりばし》か何かの先で、茶碗の中の茶ばしらを取りのけている美津子の姿勢が目に見えるようだった。

「ここ一番て、どういう時だい」

「いい男がみつかったとき」

美津子がお茶を飲んだらしく、ちょっとした間があいた。

「ご馳走さま。またね……」

私の前を黒っぽいワンピースがひらひらと通りすぎ、店を出て行った。

「これ以上深入りしてもしょうがねえよ。一応役は果たしたんだ。あとは黒川の器量しだい」

「すみませんねえ、骨を折ってくださってるのに。あの子は落着かなくて」

おかみも加わった三人の声が聞こえてくる。白衣を着た見習いらしいニキビづらの子が、あんこう鍋を運んできてコンロにのせた。

「いらっしゃいませ」

おかみが私の横を通り抜ける。私は鍋の中をみつめながら、黒川氏のほうこそ茶ばしらのコレクションをしておくべきだったのに、などと考えていた。

どこかの店で今夜もおたんこなすが一人、カウンターに両肱をついて、グラスの中をのぞきこむような姿勢でじっとしているのかもしれない。

第七話　冗談ぬき

初詣客の動きが見たくて、大晦日の午前中から観音さまの周囲をぶらついていた。

「バラすときはこのパイプから外すんだぞ」

境内の淡島堂の前あたりでそんな声を聞いた。もうそのあたりの出店《でみせ》はほとんど仕度が整って、若いテキヤさんが先輩から分解の手順を教わっているところだ。

「あら、大晦日もお散歩ですか」

五重塔のそばでうしろから声をかけられた。

「こんなにあったかじゃ、きっとたいした人出になりますよ」

そのおばさんは笑顔でそう言い、私を追い抜いて仲見世のほうへ行ったが、どこの人だったか思い出せなかった。黄色い風呂敷包みを持っていそがしそうに歩いていたから、近所の人であることは間違いない。

きのう〈まつもと〉でまた下駄を買った。だがまだその下駄はおろしてない。特に正月用に買ったわけではないが、ちょうどそういうタイミングになった。

いま履いている奴はふた月ちょっとたっていて、右の前歯の外側がひどくすり減っている。左はなんともないのだから、右だけ捨ててきのう買った奴の片方をおろそうか、などとばかな思案をしながら平尾の店へ向かった。

だが平尾はいなかった。時計を見るとそば屋が店をあける時間なので、そのまま真っすぐ並木の〈藪《やぶ》〉へ行く。めちゃめちゃ混みそうな気配だったが、口あけなのでざる二枚、あっさり食えた。

でも二枚目を食べているうちにもう混みはじめた。ネクタイをきちんとしめ、三つ揃いにマフラー、グレーのソフトにステッキを持ったごく小柄な老紳士が、

「あい席、いいですか」

と私に言った。

「ええどうぞ」

「じゃ失礼してと」

老紳士は私の前に坐り、ソフトを脱いで膝《ひざ》の上へ置く。

「観音さまの初詣はこれで五十五年目ですよ」

「そりゃ大変なもんですね」

「でもこの歳じゃもう危くてね。だいぶ早いけれどこの時間にきて、除夜の鐘のころは家で留守番ですわ。倅《せがれ》と嫁が孫を連れて夜中に来るんです」

私はそばを食べおえていた。

「おしあわせそうで結構ですね」

「いや、人ごみじゃ足に自信がなくなりましたからね」

どんどん客が入ってくる。私はその老紳士に、

「お先に」

と言って席を立った。

なるほどそう言えば、足弱《あしよわ》なお年寄の姿が多い。いつもなら裏の道を抜けるのに、老紳士の言葉で雷門をくぐり、仲見世のまん中をゆっくり歩いてみた結果、同じようなひと足早い初詣をしている人がたくさんいるらしいことが判った。

大晦日、家人の邪魔にならぬよう、そんな風に浅草寺《せんそうじ》へやってくる老人たちは、かなり恵まれた老後を送っているのだなと思った。

次は七時に行ってみた。本堂の裏も表も、出店はすっかり陣容を整えていたが、それでもまだ灯《あか》りをつけない店が多かった。どことなく、祭りの前というよりは、祭りのあとといった哀愁が感じられる。

十一時。まだ閑散とした感じだったが、さすがに活気が出ていて、祭りの前の緊張感があった。

十二時に行ったら驚いた。浅草は突然若者の町になっていた。十代二十代の若い男女が浅草寺の内外をびっしり埋め尽しているではないか。六区映画街のほうにディスコでもあれば、大半がそっちへ回遊して行くだろうにと、ひどくもったいない気がした。

そんな偵察をおえて、一時すぎに〈石松〉へ行った。おやじ手製の年越しそばを食べているうちに、おかみさんが暖簾を外して看板を消してしまった。

「どうせ来る奴は来ちゃうんだから」

おやじは肚《はら》をくくったような顔でそう言った。大晦日の閉店時間はなりゆきにまかせる気らしい。

二時に〈石松〉を出てまた行った。仲見世は本堂への一方通行になっていた。一度その流れにはまったら、突き当たるまで進まねばならない。警察は混雑を嫌《きら》った人が左右へそれるのさえ規制している。

近所にいるくせに、その流れに私もはまってしまい、本堂へ押しこまれるとサイドスローで五百円玉の遠投をしてちょっと拝み、すぐに左の出口から押し出された。

突然若者だけになった観音さまの参詣者《さんけいしゃ》も、二日、三日としだいに年齢層があがってきて、ふだんの落着きをとり戻していた。

いつもふしぎに思うのだが、浅草という土地には今の東京のせかせかとした歩きかたがない。みんな昔通りのゆったりした歩きかたをしている。自転車の通り抜けられる道が少ないせいだろうか。みんながゆったりと歩くから、自転車もその隙間を縫ってちょこちょこ走りまわることができる。

いずれにせよ松の内、観音さまは大にぎわいで、その反面言問《こととい》通りを渡った浅草三丁目のほうは、開く店もなく静かなものだった。

いつも通りの町に戻った一月の六日、私は〈傘屋〉で〈粋壺園《すいこえん》〉の若旦那に会った。別に約束していたわけではなく、ちょっと気分を変えてみようと、おろしたての下駄を履いて一杯やりに行ったのだ。

〈粋壺園〉というのは老舗《しにせ》の部類に入る名の通った店だが、ひと口にお茶屋と言っては誤解が多い。

お茶も売るが茶道具も扱い、その上茶道がらみの骨董品《こっとうひん》を扱っている。つまり日常の緑茶を売るお茶屋より、ずっと茶道のほうに傾いたお茶屋さんなのである。

店は根津のほうにあって、古めかしい木造二階だての、ちょっと陰気な構えだが、浅草から入谷《いりや》、谷中《やなか》にかけてのお寺さんにお顧客《とくい》が多いらしい。

そこの若旦那が〈傘屋〉へ先に来ていて、私を見るとあらたまった顔で立ちあがり、

「あけましておめでとうございます。本年もどうぞよろしくお願いいたします」

と頭をさげた。

「どうも。こういうの苦手だけど、とにかくおめでとう。ことしも遊んでやってね」

私はずぼらな挨拶を返した。

「こっちへどうぞ。来てくださいよ」

若旦那の席には和服の女性がいる。

「いいの……邪魔すんのやだな」

「いやほんと、冗談ぬき。紹介したいんだから」

若旦那、と言ったってもう年齢は四十二だか三のはず。面長《おもなが》で幾分下ぶくれ。色白で髪がまっ黒で、眉毛が太くて短い。

「弱ったな」

「弱ることないじゃないの。さあ、坐って」

「じゃ、おしぼりだけ」

「またそんなこと言っちゃって」

〈傘屋〉のおかみが盃《さかずき》を素早く私の前へ置いてから、熱いおしぼりをひろげてくれた。

〈傘屋〉はちょっと粋《いき》な店だ。表に飾窓のようなガラスばりの棚があって、そこに黒と朱の蛇《じゃ》の目傘《めがさ》が二本飾ってあり、それと古い通い徳利がひとつ。

二本の蛇の目傘で屋号をあらわし、通い徳利で飲み屋を示している。灯りの入る看板はなく、入口の上に〈傘屋〉という扁額《へんがく》があるだけだ。でもガラスばりの中には照明が入っているから、フリの客をあてにしない商売としてはそれで充分だ。

店内はテーブル席が四つ。カウンターの端には袖垣《そでがき》風に曲げた孟宗竹《もうそうちく》と、その空間にはめこんだ竹籠目《たけかごめ》が飴色《あめいろ》に光っていて、壁は椅子に坐った肩の高さまでが柾目《まさめ》の杉の腰板。その上は白壁。天井から網代《あじろ》を吊《つ》って照明器具や換気ダクトが露出しないようにしてある。椅子は縁台で緋毛氈を張り、その上に紫の椅子座蒲団が置いてある。

「半さん来ないかな、って、たったいま新さんがそう言ってたとこなんですよ」

おかみはそう言い、私が返したおしぼりを持ってそばを離れる。

若旦那の新さんが銚子を持って私に向けた。

「さあ、ひとつ」

「どうも」

新さんは自分の盃にも注《つ》ぎ、銚子を置いてその盃を持ちあげる。盃をつまんでいる私に妙な間があいた。

「おめでとうございます」

「どうも」

私は最近、どうもという挨拶しかできなくなったみたいだ。もともと好きではなかったが、あらたまったやりとりがどんどん面倒になって行く。浅草でのんびりしすぎているのだろうか。

二人は盃を乾し、新さんがすぐまた注いでくれる。

「俺にも酒」

私はおかみに言った。

「高清水のぬる燗……」

「うん」

「鮪《まぐろ》、いいのありますよ」

「じゃ中トロ」

「はいはい」

私はおかみのほうへ向けた顔を正面に戻した。前の女性と目が合って、女性がすぐ視線をそらし、一瞬遅れて私も新さんのほうへ視線を移した。

「暮れからあったかでよかったですね」

新さんが真面目《まじめ》腐った顔で言ったので、私はおかしくなった。

「こっちがわは静かだね。見番《けんばん》の裏だからもう少し何か音が聞こえると思ってたんだけど」

「うちの商売は結構いそがしいんですよ」

「お茶会で……」

「ええ、いろいろと行事が多いもんで」

私はなかば無意識に盃をあけてしまい、新さんがすぐ注いでくれる。

「どうも困ったもんだね」

「何がです……」

「何がって、新年そうそう間が悪くてさ」

「何かあったんですか」

「別に俺のほうにはなんにもないんだけど……おかみさん」

私は仕方がなくなっておかみに声をかけた。

「はいなんでしょう」

「新さんが困ってんだよ。なんとかしてやって」

おかみが笑いだした。

「前にいる人、なんてお名前……」

「衿子《えりこ》さん」

おかみが笑いながら答えた。新さんは照れかくしに急いで酒を呷《あお》る。前の女性も笑っていた。

「いえ、冗談ぬきにこれは衿子っていうんです」

「むきになることはない。……どうも、はじめまして」

私が頭をさげると、衿子さんも笑顔でお辞儀をする。

「お噂はさんざ聞かされてます。ただ当人がこの通り照れておりますので」

「半さん勘弁してよ」

「あんたが紹介しないから、俺が自分でしてやっただけだよ。それで結論は出たんですか。一緒になるの……それともうちょっと様子をみるの」

「あたし、この人にまかせちゃったんです」

衿子さんは笑顔でそう答える。

「はい高清水」

おかみが酒を持ってきた、二合の燗徳利だ。

「お注ぎしましょ」

私はそれを持って衿子さんに向けた。彼女の前にも盃があって、それがさっきからずっと空になっていた。

衿子さんは素直に酒を受けてくれる。右手でつまみ、左手を底に添えている。

「江戸千家、でしたね」

「あら、そんなことまで……」

衿子さんは新さんをちょっと睨《にら》んでから、品よく盃を唇に当てた。

新さんと私は〈旬〉で知り合った。〈旬〉は私の拠点で、去年の春からマメに通っている。狭い店だからカウンターでとなり合わせになることも多く、いつの間にか仲よくなった。

新さんはおっとりした性格で、まわりが地口《じぐち》、しゃれ、冗談のかたまりみたいな連中だから、自分もいっぱし冗談好きの、馬鹿ばかり言っている男だと思いこんでいる様子だが、そのくせ実は冗談神経の撚《ひね》りがどこかでほどけてしまったような、一拍《いっぱく》真面目なほうへずれ込んだセンスの持主だった。

だが〈旬〉に集まる常連たちには、そこが好かれていた。しゃれや冗談にかけては相当に鋭い浅草っ子たちにとって、妙な間合でつまらないことを言う新さんのような人物は、貴重な存在らしいのだ。

たとえばこんな具合だ。

ハンドバッグを持ったホステスが飲みに来たりすると、気の合った常連たちの一人が必ずその女性に訊くのだ。

「悪いけどさ、あんた爪切《つめき》り持ってない……」

ふしぎなことに、店がおわってから飲み歩くホステスは、たいてい大きなハンドバッグを持っていて、たいていその中に爪切りまで入っているのだ。

で、あるわよ、と彼女が爪切りを出す。するとみんないっせいにポケットから財布を出して、千円札のやりとりをする。

彼女が爪切りを持ち歩いているかどうか、賭《か》けていたふりをするのだ。千円札はただお互いに交換するだけ。

だが新さんはそれにきっちり引っかかる。

「夜爪を切るのは縁起が悪いぜ」

「なによ、ばかにして。爪切りを持ち歩いてたっていいでしょ」

女の子のほうがよほど判っている。新さんには爪切りと千円札のやりとりの関係が判らない。律儀すぎて悪ふざけができないタチらしい。

そんな新さんが私に身の上ばなしをしはじめた。

「三十四のとき、一度結婚したんですよ。実はそれ以前にも好きな女がいたんだけど、母親に反対されちゃいましてね」

それで二度目は強引に家へ入れた。しかし老舗で親は両方ともまだしっかりしている。家風、というほど大げさではあるまいが、彼の家にはその家なりのやり方があって、ことごとにお嫁さんがしめつけられる。親のほうはしつけているつもりだろうが、今の若い女性にはそれが耐えられないで出て行った。

そのあいだには、別居のすったもんだがあって、お嫁さんのほうには相談相手の男性がいたらしい。

新さんが言うには、正式に離婚するまで、相談相手の男性とは何もなかったのだそうだが、別れたあとで両親はふしだらな女性だったときめつけたそうだ。

新さんはそれで傷ついて、もう二度と結婚なんかするものかと、親が持ち出す縁談をみな断わっていた。

それでいながら新さん自身、茶道熱心で無自覚の孝行息子。つまり家代々の旧式な教育がしっかり身についてしまっている。だから商売熱心で礼儀正しくて、四十すぎても万事両親にお伺いをたてないとうしろめたく感じるような人物なのだ。

「これが最後だと思うんです」

新さんは現在恋愛中の相手をそんな風に言った。

やはりお茶で知り合った相手だそうだ。しかし相手は二十七だか八だかで、年が離れている。

「家が揉《も》めるのも嫌《いや》だし、彼女もかわいそうだし……」

でも好きで、一緒になりたくて、どうするか決断がつかない。

「こういうとき、小説だとどうなっちゃうんですか」

新さんははじめそんな尋ねかたをした。

「時代物なら心中だね」

「冗談ぬきで、どうなんですか」

「不動産屋を紹介しようか」

「どこの……うちにも知り合いがいますけど」

「二人で別に住んだらどうなんだい」

「それができればいいんだけど、おやじは運転できないし」

「運転……」

「俺があの家《うち》を出たら、商売やってけないんですよ、もう」

お顧客《とくい》まわりもできないということらしい。

「じゃあ彼女のままにしといたら……外で会って」

「もうすぐ三十ですよ」

恋人は結婚しなくてはならない年齢だというのだ。

「ご両親にその人のこと言ったの……」

「だめですよ。とんでもない」

「一緒になりたきゃ会わせるんだね。ダメかいいかはその先のことじゃないか」

「でもなあ……懲《こ》りてるし……」

つまり新さんの置かれた立場は、ごくありきたりの立場なのだ。老舗の多い浅草などには、いつの時代にもゴロゴロしている話だ。

一人っ子だそうだが、〈粋壺園《すいこえん》〉はいいあととりを持ったものだと、無責任ながら私は新さんのそんな悩みのなりゆきを、なんとなく楽しみにして見守っているのだ。

新さんはもうだいぶ酔っていた。

「俺はね、禿鷹《はげたか》になることにきめたんだ。西部劇なんかでさ、空をぐるぐるまわってるあの禿鷹」

「気持は判るけど、そんなことは言わないほうがいいぜ」

「なにも親の肉を食っちゃおうって言うんじゃない。でも円満にやるにはそれっきゃないじゃないの」

両親がいなくなるまで待つというのだ。

「新さんもガキっぽいね。四十男にしちゃ」

「俺、苦手なんだよね、おやじもおふくろも」

「反対だろう。両親にギャーギャー言わせるのが嫌なだけさ。しかもギャーギャー言うときめてかかってる」

そう言うと衿子さんが目で私に頷いてみせた。

「いったいあんたがた、いつからこういう仲になったの……」

「去年の夏のはじめころです」

衿子さんははきはきと答えた。濃紺の結城のお対《つい》に、僅かに銀糸のからんだ白っぽい帯。袖口《そでぐち》から裏地の朱色がのぞいている。

「まだ半年じゃないか」

「ええ」

「あんたも禿鷹をきめこむつもり……」

衿子さんは微笑した。

「俺、トイレ」

新さんがそう言ったので、私は立ちあがり、新さんを出してからまた坐った。椅子が縁台だとこういうとき不便だ。

「でもあたしは急ぎません。あの人、お家《うち》のことを気にしすぎるんです。それはとてもいいことだと思うんですけど」

「そうだよね」

私は衿子さんに酒を注いでやった。

「ふつうに結婚したって、今はみなさん当分のあいだ共働きの時代ですものね」

「入籍にはこだわらないというわけ……」

「こだわらないわけじゃありませんけど、あの人は昔風なんです。籍のことでも厳しく考えていて」

「そうだろうな。きっとおやじさんそっくりなんじゃないかな」

「ええ、そんな感じです。でもあたしはお茶が好きですし、一生茶道にかかわって行けるなら……」

「〈粋壺園〉の奥さんになる気なんだね」

「はい。でもあの人をさしおいて、私がじかに働きかけるわけにも行きませんし、当分ジタバタするのを見ていようと思ってます」

「すげえ、こりゃ乾杯もんだな」

私はうれしくなった。

「でもそれは赤ちゃんができるまでのことです」

「できたら……」

「乗り込むつもりです」

私は笑いがとまらなくなった。いささか頼りない新さんに、これだけしっかりしたお嫁さんがつけば、〈粋壺園〉は万々歳のはずである。

「ただ問題は、あちらとはお流儀が」

「そんなことは問題じゃないさ。新さんだってお茶に関しては立派なものだそうじゃないの。二人で相互乗り入れの二枚看板ということになれば、商売繁昌疑いなしだ」

「根がいい人ですから、揉めごとを避けているうちに……」

「そう。どうにでもなるさ」

新さんがトイレから戻ってきた。

「そう、どうにでもなるよ。茶の道は蛇《へび》と言ってね」

私は衿子さんと目を合わせ、衿子さんは唇を歪《ゆが》めてみせた。

「〈旬〉へ行こう。めでたいんだからさ」

「うん、たしかにめでたい。でも新さんはどうしてめでたいんだか判らないだろう」

「正月はめでたいにきまってる」

結局私は新さんに奢《おご》ってもらうことになった。


それが六日の晩のことで、きょうは十日の日曜日。

仕事場の壁にかかっているドアフォンが、ピロロロロ……と鳴った。

受話器を外して答えると、

「はい」

「根津から参りました〈粋壺園〉の稲田と申す者でございますが」

ちょっと嗄《しゃが》れたような声が伝わってくる。私はびっくりした。声の様子では新さんのおやじさんに違いない。

「はいどうぞ」

入口のロックを外すボタンを押すと、カシャンとドアをあける音が聞こえた。

私はドアフォンを元に戻し、入口へ行ってドアをあけてエレベーターの標示灯をみた。三階からさがって、すぐ昇ってくる。

エレベーターのドアは、仕事場のドアと向き合っている。そのドアがあき、グレーの三つ揃いにソフトをかぶった老人が現われた。

私は大晦日に会った老紳士を思い出した。

「はじめまして。根津の〈粋壺園〉の稲田でございます」

「新さんのお父さんですね。仕事中で取り散らかしておりますが、どうぞおあがりください」

「では失礼させていただきます」

新さんのおやじさんが書斎へ入って坐った。

「はじめてお目にかかります。倅がいつもお世話になっておりますそうで、まことにありがたいことと存じます」

「ご叮嚀《ていねい》にどうも。ただの遊び友だちで、そんな風におっしゃられると、ご挨拶のしようもなくなります」

「いたらぬ者ではございますが、今後ともよろしくご指導くださいませ」

そのおやじさんが、ございますというたび、私にはござりまするときこえてしまうのだった。

「お仕事中のようでございますので、さっそく用件に移りますが、あなたさまには、手前どもの倅が嫁のような者の仕度をしはじめているということをご承知と伺っておりますが……その点いかがなものでございましょうか」

「え……まあ……はっきり申しあげて、たしかに結婚したいと思っていらっしゃる相手がおいでのようで」

するとおやじさんは、膝の横に置いたソフトをつまんで、ちょっと位置をなおしてから、ウーン、と言って胸高に腕組みをした。

「人生の先輩であるあなたさまからごらんになって、その相手はいかがな者でございましょうか」

「私は好きですね。ご子息はすばらしい相手にめぐり合ったと思いますよ」

おやじさんは不服そうな表情になった。

「脇からも同じようなことを聞いておりますのですが、そこのところがどうも信じ切れませんので、こうしてお伺いしたようなわけでございます。冗談ぬきに新一は女を見る目がございませんで、以前にも女給のような者を家に入れてしまいまして、別れさせるのに大変でございました。またその前にも、町の無頼漢の情婦を家に入れたがったことがございます。当人はその両方とも、素直で純真な者だったと、いまだに思いこんでいるようでございますが、冗談ぬきにとても正体はそのような者ではございませんでした」

「ほう、そうだったんですか」

「ところがはからずも、今回倅めが家へ入れたがっておりますのが、どう調べてもなかなかの者でございますようで、冗談ぬきにあれがそのような立派な者を選べるとは信じがたいのでございます」

「待ってください、お父さん。するとなんですか、もう充分にお調べになって、衿子さんがしっかりした女性だという結論をお出しになったのですね」

「はい。きっぱりと結論を出しました。こうしてあなたさまから、同じ答を頂戴できればもう申し分ございません。しかし当節の娘さんとしては、このように調べ抜かれてから嫁に迎えられたとあっては、せっかくの倅への好意もいかがなりますものやら、かえって心配になったようなわけでございます。そこでここはひとつ、あなたさまのような立場の方《かた》にお願い申しあげ、早急に倅がその娘さんを私どもと引き合わせるよう、お骨折り願えないものかとご相談に伺ったようなわけでございます」

　私は無作法に笑いだした。

「それはめでたいことですね。よろこんでお引きうけしましょう。会えば一も二もなく賛成なさるおつもりなのですね」

「はい。家内とそのようにきめております。倅が四十すぎて、はじめてまっとうな娘さんと結ばれたのでございますからな。何がなんでもこの話をまとめてしまわねば、冗談ぬきにわが家《や》がすたります」

「ではこうしておたずねになったことも内緒にして、というわけですね」

「そうして頂きたいと存じます」

「承知しました。そういうことでしたら、私でもうまくやれると思います」

「あれは子供時分から、物事の対応に幾分ちぐはぐなところがございまして、何事によらずひとり相撲をとりがちなのですが、今度ばかりはうまくやれたようで、ありがたいことだと思っております」

そうではなかろう。今度も新さんはひとり相撲をとっているのだ。

手のかかる一人息子だったのだなあと思いながら、私はそのしゃっちょこばったお父さんが帰るのを見ていた。

新さんのお父さんは小柄なほうだし、顔はだいぶ角ばった感じで、背が高く、面長《おもなが》で下ぶくれの息子とは、あまり似ていなかった。

ただひとつ、冗談ぬき、という口ぐせは明らかに父親ゆずりのものだった。

とにかく私はこれから、仲人《なこうど》に近い役をしなければならない。柄《がら》にもないことだが、一生懸命やるつもりだ。冗談ぬきに。

第八話　寒い仲

峰岸から電話があったのは、一月の二日だった。ちょうどピータンがうちへ来ていた。暮れからの約束で、正月には夫婦で飲みにくるということになっていたのだ。

二日ではいつも行く店はどこもやっていない。友だち同士、家で飲むよりしかたがないわけだ。

もっとも、〈三角〉などという店は、元旦に休むだけで二日からはもう営業している。観音さまへ向かって左側。ちん横通りの古い店だから、初詣がてらの客を扱うのだろうが、地元の人間としてはそういうとき邪魔はしたくない。

で、ピータンと、「二日に行くよ」「うんおいでよ」という約束ができて、三時ごろから飲みはじめたのはいいのだが、二リットル入りの生樽《なまだる》が二つと、ボージョレが一本、ブランデーが二分の一ボトルという、やや羽目をはずした仕儀とはあいなった。

「気をつけてね」

「ご馳走さまでした」

「ごきげんよう……」

などという、無理やり正気めかした挨拶で……今どきのマンションは出入りがややこしいから、一階まで送って行きの、安全錠を外してあげの、ていねいに別れたそのあとで、五階へ戻ったら電話が気長に鳴り続けていたというわけである。

「はい半村です」

——随分待たせやがんな——

相手の声は正月そうそうつんけんしている。

「どちらさま……」

酔っているからすぐにはその声が思い出せなかった。

——俺だよ——

電話の相手は早口に言う。

——お前の女を全部知ってる男だよ——

「なんだ」

——なんだはねえだろう——

「おめでとう」

——あけましておめでとうございます——

相手はいやにあらたまって言う。

「ひまか……」

――正月の二日にひまかはねえだろう。ましてこの時間だ――

時計を見ると、九時半だった。飲んだわりにまだ九時半だ。ピータンが来たのは三時だった。

「会いたいね。東京へ帰ってきたんだ」

――知ってるから電話した。その声じゃだいぶ飲んでるな――

「うん、しこたま飲んだ。いまピータンを下へ送ってったとこさ」

――ピータンて誰だ――

「浅草へ来てからの飲み友達さ」

――ピータンなんて変な名前だな――

「綽名《あだな》だよ。本名は水野君。印刷屋さんだ」

――まだ印刷屋と縁が切れねえのか――

私と峰岸は広告代理店時代からの仲間だ。

「そういうわけじゃねえけど、気のいい男でね。ときどき馬鹿飲みしたくなると、このへんじゃピータンが頼りなんだ」

——お前の馬鹿飲みはほとんど病気だからな——

「お前がそばにいればピータンなんかに迷惑はかけねえ」

——今日ももう、だいぶやったな——

「その通り」

——近いうち飲もう。それで電話した——

「いいとも」

酔った最中のこととて、峰岸から電話があったことはそのまま忘れていた。

一月は取材の約束が多く、いつもの月より少しいそがしかった。昭和二十年三月の東京大空襲から戦後の混乱期へかけてを背景にした小説を書いているので、戦災孤児や闇市などのことを調べているのだ。

実を言うと、浅草に仕事場を置いたのもそのためなのだ。上野駅やアメ横などが主な舞台だから、浅草にいれば小マメに取材できる。現に仕事場のまん前の喫茶店〈エル〉のおかあさんも、火に追われて隅田川を渡り、三囲《みめぐり》神社のそばで命びろいをしたくちだ。焼死体の整理がおわったあと、川岸の吹きだまりで無数の足袋のこはぜが、風に吹かれてチャラチャラ鳴っていたなどという話は、実際その現場に居合わせた人の口からでないと、活字の記録ではとうてい知り得ない事柄《ことがら》だ。

と、まあ一応仕事らしいことでとびまわっているうちになんとなく一月がおわってしまい、月が替った朔日《ついたち》そうそう、峰岸から電話があって、あすの昼ごろ来るという。

「ずいぶん急だな」

私がその電話を受けて思わずそう言うと、

——どうせそんなことだろうと思った——

と、峰岸は笑っていた。正月の二日の晩、彼から連絡があったのを思い出したのは、受話器を置いて少したってからだった。あのとき私が酔った声で応答したので、峰岸はどうせ覚えてはいるまいと思っていたらしい。

暖冬、という文字が新聞にもあり、テレビのニュースでもそれを言っていた。たしかに毎日暖かく、おまけに雨の日も少なく、取材がてらの散歩も欠かさずにすんでいたが、峰岸を迎えに地下鉄浅草駅の雷門側の出口に立ったときも、ポカポカとしたいい陽気だった。

「よう」

峰岸はそれでも薄茶のコートを着て地下から現われた。コートのボタンをかけず、下は焦茶《こげちゃ》のセーターと同色のスラックスだ。

「浅草は久しぶりだ」

出口のところに甘栗屋《あまぐりや》が店を出しており、峰岸はそのそばに立ってあたりを見まわしている。

「仁丹塔《じんたんとう》はもうないよ」

彼が田原町《たわらまち》のほうを見たのでそう言うと、

「それくらいは知ってるさ」

と笑っている。

「ビールを飲もう」

そう言って峰岸が吾妻橋のほうへ歩きだしたのは、たしかに暖冬のせいだった。例年通りの冬ならば、冷たい風に吹かれて橋を渡ろうなどとは思いもしなかったに違いない。

「今どこに住んでる……」

「アトリエは代田《だいた》だ」

「代田というと、例のおばさんの家か」

「そうだ。あの婆《ばあ》さん、静岡へ引っこんだ」

「庭が広くていい家だったじゃないか」

「ちょっと手を入れてアトリエにしてるんだが、旧式な和風の家だから採光が悪い。おまけに土地のばかげた値上りだろ。もう売っぱらったほうがいいと思うんだが、あの婆さんの身になって考えると、そう言いだすのも気がひけてな」

「でも住宅地のまん中だし、税金が大変だろう」

「土地の値上りで住み切れなくなったから俺に貸して静岡へ引っこんだ。結婚以来四十何年住み続けた家だのにな。固定資産税はないしょで俺が払ってやってる。ところが税務署がこのあいだ婆さんのとこへ行って、税金払う金の出どこをたしかめたそうだ。人に払わせているんなら贈与税を取ろうというらしい。ただ住んでいるだけで、土地は勝手に値上りしたのによ。あいつらまるで吸血鬼だな」

「で、どうした」

「それくらいのたくわえはございますと言って追い返したそうだが、そのあとすぐに土地業者がやって来たらしい」

「土地を売れってか……」

「ああ。まるで税務署と気を揃えてるみたいだと、婆さんカンカンになっていた」

峰岸が言うそのおばさんには子供がいない。おじさんは死んでしまって、今はおばさん一人だ。代田の家は峰岸が相続することになるだろう。以前からそういう話を聞いている。

「手ばなさずにすむのか……」

「自信はないがなんとかやってみる。こうなったら俺も意地だ。値上げをして土地を召しあげようという政府と役人にとことんさからってやる」

「つまり、銀行から借りるわけだな。お前もあのおばさんと同じように代田の家に縛《しば》りつけられることになりそうだ」

「土地のために絵を描くようなもんさ。ばかな話だ」

峰岸はくやしそうに言ったが、その老いたおばさんに対する峰岸の愛情を知っているだけに、やがて遺産を引きつぐはずの峰岸に、羨望よりはいたましさを感じてしまった。

向こう岸のビヤホールで生ビールを一杯ずつ飲んでの帰り。

「やっぱり浅草はいい」

峰岸は吾妻橋を逆戻りしながらそう言った。ビヤホールで土地の値上りや税金について、さんざん文句を言ったあとだった。

「どうしていいと思う」

私はちょっと意地悪な質問をしてみた。自分に浅草の人間であるという思いが強くなっていたからだろう。

だが峰岸の答えはかんたんだった。

「風の吹きようがよそより遅いからさ」

「なるほどね」

私にもそれは共感できるところがあった。ファッションも景気のよしあしも、よそとかわらず敏感にうけとめる町だが、それでいてうけとめたあとの形がしっかり昔とつながっている。だからどんなに新しいものをうけとめても、激しい形にはならない。これが赤坂や六本木あたりだと、新しいだけで昔の色はあとかたも残さない。

「みろよ」

峰岸の歩調が急に遅くなった。

和服を着た若い女と、ジャンパー姿の青年が、欄干にもたれて川面《かわも》を眺《なが》めている。その向こうには、ちょうどいま船が着いたばかりの、水上バスの発着所と〈松屋〉が見えている。

「昼間でよかった。これが夜中なら心中寸前の図だ」

「いいカップルじゃないか。やはり浅草へ来てよかった」

峰岸はとうとう足をとめてしまい、タバコに火をつけた。

ポカポカと暖かい日ざし。ぬるいような風。娘の髪はごく短くて、男の子のようだ。

全体に黄色っぽい感じのきものを着ているが、よそゆきくさいところは微塵《みじん》もない。

近所からちょいと出てきたような感じだ。

いっしょにいる青年の姿もいい。コーデュロイのズボンにジャンパー、そしてハンチングをかぶっている。

「あんな組合せ、よその町にあるか……」

峰岸はくぐもった声で言う。

「何を見ているんだろう」

私は欄干ごしに、彼らが見ている川面をのぞいた。もちろん下はさざ波だけ。

「夫婦になるんだろうなあ」

峰岸は羨ましそうに言う。十何年か前に離婚して、それ以来ずっと独身なのだ。

青年が欄干から急に体をはなし、腕時計をみて娘に何か言った。娘の笑顔がちらっと見えた。

二人はすぐ手をつなぎ、小走りに浅草のほうへ去って行く。娘の走り方はいたって活溌《かっぱつ》で、洋服を着ているときと同じようだった。

「いいなあ、ああいうの」

それを見送る峰岸は、目をしばたたいていた。


広告屋時代、私はコピーライターで、峰岸はアートディレクターをしていた。同じ会社にいたこともあるし、別々な会社に勤めていた時期もある。

フリーになったのは峰岸のほうがひと足さきで、すぐ安井賞の候補になり、画家として知られるようになった。

雑誌で私の連載のさし絵にも付合ってくれたし、本の装丁も何冊かやってくれている。

そんなだから、久しぶりに会えば話はいくらでもあった。広告屋時代の仲間のこと、絵のこと、小説のこと……。仕事場で話しはじめるとあっという間に時間がたって、彼が別れた細君のことを言いだしたころには、外はもうすっかり暗くなっていた。

「実は、祥子《しょうこ》の奴が死にやがってな」

暮れに飲みそこなった、ボージョレ・ヌーボーをお茶がわりにしていたのが空《から》になって、そろそろ外へ飲みに出ようかと思った矢先のことである。

正式に離婚したのだが、去られたのは峰岸のほうである。彼女はピアニスト。若い作曲家と恋愛した末にそうなった。

「いつ……」

「暮れの三十日」

私はギョッとして峰岸をみつめた。それなら正月の二日にかかった電話は、私に対する一種の救助要請のようなものではないか。

「いつそれを知った」

「大晦日さ」

「すまない」

私は頭をさげた。二日の晩、酔っていなければすぐにでも会おうということになったはずなのだ。

峰岸はまる一カ月、傷口をなめて過ごしていたことになる。

「葬式にお前が顔を出すわけにも行かねえしな」

「下関で死にやがった」

峰岸の日には涙がたまっていた。

「下関……」

それはおだやかじゃない、と私が思ったとたん、峰岸の頰《ほお》を涙の粒がころげ落ちた。

下関は祥子という女の故郷なのだ。

「リウマチで指が曲がってたそうだ」

ピアニストだからそれは致命的だ。別れたあと、峰岸は画家としての地位をかため、有名になった。世の中とはそんなものかもしれない。

「あの男とは……」

「別れたそうだ」

不倫の相手に捨てられた、指の動かないピアニスト。それが故郷へ戻って暮れの三十日に死ぬ。

「睡眠薬を服《の》んで、自分の家の山小屋で死んでいたんだとさ」

案の定だ。しばらく沈黙を続けるよりほかにしようがなかった。私は畳の上に置いた瓶《びん》とグラスを盆にのせた。

外はまっ暗で、蛍光灯のともった部屋はしらじらとしている。本棚と仕事机だけの殺風景な部屋のまん中に、峰岸があぐらをかいてうなだれていた。

「行くぞ」

私は外へ出ようと声をかけた。

「うん」

峰岸は長い臑《すね》を動かして立ちあがった。私より二十センチは背が高い。

「もし戻ってきたらどうだった……」

下駄をはいてドアをあけながら私は訊いてみた。

「うん。俺を探したらしい。でもアトリエは代田へ移していた。あそこにいるとは気がつかなかったのだろう。地価高騰のせいだ」

「連絡がついていたら……」

「ピアノは弾《ひ》けなくなっても、俺の手伝いくらいはできるはずだった」

昼間、吾妻橋の上で会った、短髪の娘と連れの青年の姿が不意に目に泛《うか》んだ。祥子もずっとあんな短髪で通していた。

「散らしても散らしても花かざり」

ドアに鍵をかけながら私が言った。

「山頭火か……」

「ばか、俺だ」

「気どったこと言いやがる。文学者じみてるぞ」

エレベーターのドアがあいた。

「死ぬまで花を飾り通せってんだよ。元気出せ」

「お前のを散々見てるからな。俺の純愛路線はお前のせいだ」

「責任を押しつけるな」

笑いもせず、私たちは一階へおりた。

「どんな店へ行く……」

「ふぐとカキ」

「そういう季節だな。両方とも下関が……」

「いけねえ。違うもんにするかい」

「気をつかうな」

私たちは通りへ出た。

〈傘屋〉で生ガキとふぐちり。例によって高清水のぬる燗。

「このごろ、上野の地下道のことを書きはじめたな」

少し飲んでから峰岸が言う。

「ああ」

「そろそろ昭和もおわりだな。俺たちも二つの年号にまたがって生きなきゃならないのか」

「そういうことだろうよ」

「大正、昭和と三つにまたがる人もいるはずだな」

「長生きすればな」

「昭和の中だけで生きた奴もいる」

どうしても話は祥子のほうへ行ってしまう。

「AFRSの放送でジャズを覚え、そのジャズの中で死んでったんだ。あいつはいいときに死んだ、と言わなきゃならない時代が来るかも知れないぜ」

「まったくだ。土地だのゴルフの会員権だの、正気とは思えない値段になってやがる。まがまがしい感じがするな」

峰岸が祥子の死と今の世相をつなげて感じているのはたしかだったが、将来に不吉なものを感じる点では、私も同じだった。

そのとき、〈傘屋〉というその鍋料理屋の入口の戸が、ガシャンと大きな音をたてて揺れた。

客も板前もおかみも、みな戸のほうを見た。するとその戸があいて、堅い表情をした男が、グレーの背広の襟《えり》を立てて入ってきた。

「あら、吉岡さん」

おかみはさすがに笑顔でその客を迎えたが、ちょっと無理をしているようだった。

「なによ、こんなとこへ逃げこんで」

続いて臙脂《えんじ》のコートを着た女が入ってきて、うしろ手で戸をピシャリとしめた。

「うるせえなあ。嫌《いや》なら帰ればいいだろう」

吉岡という男は、立てていた襟を折り、上着の内側に入れていた黒いマフラーを畳んでカウンターの上に置くと、四脚背なしのスツールに腰をおろした。

「冗談じゃないわよ。あたしなんか行くとこないんだからね」

女はコートを着たまま男のとなりに坐り、カウンターの上にあった男のマフラーを、左手でひとなぎして放り出した。

男がふり向いてそれを床から拾いあげた拍子に目をあげ、私と視線が合ってしまった。

その目には女に向けた憎悪がそのまま泛んでいて、まるで私に腹をたてているようだった。

「お酒、ください」

吉岡はすぐ私に背を向けて注文している。叮嚀すぎる言葉が怒りを抑制している証拠のようだった。

「あたしもお酒ッ」

女は店の者に当たり散らすような勢いだ。

「あんたよく平気でいられるわね。嘘ばっかりついて」

店中に聞こえているのも構わず、女は吉岡という男をなじりはじめる。

「約束が違うじゃないのよぉ。何年たっても奥さんと別れやしないじゃない」

「そんな話はあとにしろよ」

吉岡の声は低いが、私たちの席へは筒抜けだ。

「お店だってとうにやめちゃったんだから、この歳になってもうやり直しはきかないのよ」

吉岡が周囲を気にする分、女の声は高くなるようだ。

「あしたは節分か」

峰岸はその二人の冷たい世界からぬけ出そうとするように言ったが、なんともそらぞらしい言葉になってしまうのだった。

「いくら一流の会社かしらないけど、木田ちゃんたちだって言ってたわよ。あんたなんかまだ当分課長になる目だってないってさ」

おかみが二人の前へ酒を運び、女は手酌《てじやく》で一杯飲みほしてから、わざとらしくケタケタと笑った。

「そうかよ。人中《ひとなか》で俺に恥をかかせるのがそんなに楽しいか」

「生意気言わないでもらいたいわね。分不相応なことをしたくせに」

そこを衝《つ》け、と私は思った。予算委員会の野党側質問者に応援しているような気分だった。

女が自分を高みに置いて、男に分不相応だと言うのなら、大変勿体《もつたい》のうございましたと引きさがるのが好手だ。

だが吉岡はそのチャンスを逃がしてしまう。

「生意気なのはてめえだ。何さまだと思ってやがる。三流クラブのホステスのくせしやがって」

「ええどうせそうだわよ。正体はあんたとおんなじね」

私は峰岸を見た。感じることは彼も同じだとみえて、峰岸の目も笑っていた。

その二人がチョボチョボの仲なら、これは単なる痴話喧嘩でしかなく、いずれは始まるにしても今のところ別ればなしにはなり得ない。

「俺も生ガキもらおうかな」

「あたしも」

はたして女の声は通常のボリュームにさがった。

「そういうわけで、今年は暖冬だ」

峰岸が茶目っ気を出してそう言った。私は彼の盃に酌をしてやり、自分の盃も満たしてからそれを持ちあげた。

「下関に」

峰岸は目で頷き、私があげた盃に自分の盃を触れさせた。

みつめ合って飲む。祥子よ、安らかに、だ。

「それ以来、全然会っていなかったのか」

「電話も手紙もなし」

峰岸は鍋の中から白い身を取って答えた。

「一度だけ、顔を見た」

「いつ……」

「五年ほど前だ。画商に連れられて一の橋のあたりにできたクラブへ行ったら、そこのステージへあがっていた。クインテットだったよ」

「それで……」

「画商に頼んでほかの店へ行った。だからあいつは俺を見ていない」

祥子はピアニストだったから、そういうこともあっただろう。

「お前ら、ああいう揉《も》め方をしたことはあるのか」

私はカウンターにいる二人へ視線を走らせてみせた。

「ない」

峰岸は残念そうな顔になる。

「いっそ冷たい関係という奴のほうがいい。あんなふうに火傷《やけど》をするくらい熱い喧嘩があればもっとよかったと思う」

「おわりのころか……」

「そうだ」

「じゃあどんな具合だったんだ」

「寒いんだよ。冷たいというのはお互いに攻撃的なところがある。だが寒いのはそうじゃない。両方とも萎縮《いしゅく》してしまうんだ。一人ずつ別々に寒いんだ。あれはなんとも言えず嫌なもんだ。つららで突つき合うほうがずっといい」

「寒い晩に、炬燵《こたつ》で鍋を突つき合う仲もある」

「まったくだ。だが俺もお前も、そういう生活には縁遠い」

「せめてお前くらい、もう落着いた世帯を持てばいい」

そう言うと、峰岸ははじけたように笑いだした。

「何がおかしい」

「今だから言えるが、あいつは料理がからきしダメだった。こういう仕度の簡単な鍋ものだってできやしなかった。それに掃除もしなかった。ことに拭き掃除はな」

「ほう……綺麗好きなように見えたがな」

「指を大事にしていたせいだ。雑巾《ぞうきん》など絞るのはもってのほかというわけさ」

「じゃあ洗濯は……」

「最低限のものは洗濯機でやってたが、たいがいの物はクリーニング屋だ。クリーニング屋がハンカチの洗濯代をいくらにするか困っていたよ」

「ピアニストじゃしようがねえさ」

私は亡《な》き祥子の肩を持つようなことを言ったが、その実拍子抜けした思いだった。アイロンかけなどしたこともない女。和服の面倒がみきれずに、着たあと一年もぶらさげていた女……。世の中には口八丁手八丁の人も多いが、口八丁だけの人もいる。袖《そで》すり合わせたそういう女性を何人か、私は反射的に思い泛べていた。

「そろそろ河岸《かし》をかえるか」

私はカウンターの女をみながらそう言った。女が立ちあがって、ようやく臙脂のコートを脱ぐところだった。小肥《こぶと》りで額がせまく、そう美人だとは思えなかった。

〈傘屋〉を出て〈石松〉へ移ったらピータンが来ていた。

「〈旬〉が店をやめるんだって」

私の顔をみるなり、ピータンは淋しそうな顔でそう言った。

「まさか……」

「ほんと。ターちゃんに会ったら、みんなによろしくって言ってた」

浅草へ移って以来、〈旬〉には世話になっている。なんだか浅草との縁が一枚はがれたようで、私も淋しくなった。

で、そのあとはずみをつけるつもりで〈つる伊〉へ寄った。料亭〈都鳥〉の玄関わきにくっついている、〈都鳥〉調理部といった店である。

「あ、ここいいや。今度ここで宴会やろう」

峰岸もだいぶ酔って、上機嫌で〈都鳥〉の座敷を見せてもらったりしていた。

で、だいぶ遅くなってから、峰岸はハイヤーを呼んで代田へ帰って行った。もうそういうご身分の画伯なのである。

それが帰りぎわ、車の窓をあけて見送る私に言った。

「お前、ピアノを引取れないか」

「どうして……」

「アトリエに置いてある」

「彼女の奴か」

「うん。俺にはもう要らないものだ」

ずっと祥子のピアノを持ち続けていた峰岸が哀れになった。

「判った。俺が始末してやる。でも、あのピアノがどこへ行っても文句言うなよ」

「ああ」

峰岸は帰って行った。

「〈旬〉が店じまいしたってさ」

「まあ……」

送りに出ていた〈都鳥〉の若おかみが、それでなくても大きな目をクリクリさせた。

「あんたがたご夫婦と一緒に行ったのが最後になっちゃった」

風が冷たくなってきて、私は肩をすぼめてマンションへ戻った。

〈都鳥〉のおかみもそう言えば短髪で、おまけにたしか山口のほうの出だという。峰岸を連れて行ったのは、その夜私の頭にも祥子のことがこびりついていたからだろう。

翌日は節分。

暖冬が嘘のようにどこかへ消えてしまい、例年にもまして冷たい風が吹きまくった。それでも浅草における私は、常住取材の身だから、節分会《え》の様子を見に、ほとんど一時間おきに観音さまの境内へ出かけた。

たしかに人出は多いが、参詣客の足どりは常になく速くて、仲見世に店を持つ鞄屋の英ちゃんは、

「てんで商売にならねえよ」

とこぼしていた。

夕方の四時ころ、芸能人、文化人による豆撒きがはじまった。

その豆を受ける人ごみからちょっと離れたところに立って眺めていると、すぐそばにゆうべ〈傘屋〉で揉めていた、あの吉岡という男と、臙脂のコートが寒そうに並んでいるのに気がついた。

冷たくて強い風のせいもあるのだろうが、並んでいる二人の表情は、どちらもかたくなな感じである。

女のほうが〈浅草ビューホテル〉の袋をぶらさげていた。男はどうやら会社を休ん

だらしい。家にも帰らなかったはずだ。

「福は……うち」

本堂回廊の上から撒かれた豆が、北風の中で、みんなスライスしていた。

第九話　国木屋

て行く。
家《うち》を出て見番《けんばん》の前から千束《せんぞく》通りへ向かって、二月末《すえ》の冷たい風の中をまっすぐ歩いて行く。

時間は夜の六時ちょっと過ぎ。西側にずらりと並んだ店々の看板に灯りが入っている中で、浅草へ引っ越してきて以来毎晩世話になっていた〈旬〉の前だけが暗く、なんだか心細かった。

〈旬〉は急に店をたたんでしまったのだ。経営者《あるじ》のターちゃんは腕のいい料理人だったし、ピータンや小宮君、萩原君など、地元の気のいい青年たちを引きあわせてくれたのもその店だったのに、まったく惜しい店をなくしたものだ。

和菓子屋〈徳太楼〉の前の柳も、今は枝をなくしてさむざむとした姿だ。柳は暖かくなればまた枝を伸ばして元の豊かな形に戻るが、〈旬〉の灯りが戻ることはもう二度とあるまい。

千束通りを突っ切って猿之助《えんのすけ》横町へ入ってちょっと行ったとき、道の右側から女の声が聞こえてきた。

「ご苦労さま。それにしても寒いわねえ、今夜は」

声につられてそのほうを見ると、小柄な和服の女性に見送られながら梶棒《かじぼう》をあげた俥屋《くるまや》のシルエットが見えた。

芸者衆をそこへ送った帰りなのだろう。

「とんでもねえ。今夜は動きづめで、こっちは暑くてしょうがねえよ」

俥屋は威勢よくそう言うと、空俥をひいて象潟《さきかた》通りのほうへ出て行った。

たった一台だけだが、この界隈には俥屋がまだ残っていて、それが走っても全然違和感のない町並みなのだ。

生き残った最後の何台かは、木曾《きそ》の妻籠《つまご》あたりへ移って、観光用の商売をしているとか、ちらっとそんな話を耳にしたことがある。

〈かいば屋〉の前を右に折れ、〈味作〉というふぐ屋へ入った。

そこの犬は私が住んでいるマンションのそばの猫と親戚なのだ。猫の名前はミーちゃんで、飼主の名前が中村さん。〈味作〉のおやじさんはその中村さんの親戚で、〈味作〉が旅行にでかけるときは、犬が中村さんの家へ預けられる。そうするとミーちゃんの機嫌が悪くなるので、ミーちゃんが私のとこへ泊まりに来たりする関係なのである。

私が今のマンションに引っ越してくる前、隣りの〈コーポ藤〉の住人の一人が、住んでいた部屋へ仔犬《こいぬ》を置き捨てて転居した事件があったそうだ。〈赤ひげ〉という店をやっているひげ男氏がその〈コーポ藤〉に住んでいて、可哀《かわい》そうな仔犬の仮親になったのだが、だんだん大きくなると面倒を見きれなくなり、〈オワリ〉という床屋さんが引きとって、今はすっかりしあわせそうだ。

下町、というと、よその人はすぐ人情とつなげ、それが幾分気に入らないのだが、たしかに捨て犬、野良猫の面倒の見かたひとつにしても、浅草あたりはひどく情の濃いところがある。〈オワリ〉さんに犬をまかせた〈赤ひげ〉が、今でもしきりに淋しがっているところなどは、結構な人情ばなしのひと幕だ。

次の晩は〈金太楼〉へ行った。支店が多いので有名な寿司屋である。

公明党の参議院議員をやっている太田淳夫が来たからだ。

中学、高校を通じての私のクラスメートで、いま政治家になっているのが三人いる。衆議院の柿澤弘治と島村宣伸、それに太田だ。

浅草は太田の学生時代の古巣で、仲見世の英ちゃんと、同じ鞄屋の管野が、私と一緒に〈金太楼〉のカウンターで太田と飲んだ。

昭和二十一年からの付合いで、みんな俺お前の間柄である。

その三人の誰かが、「カラオケでもやるか」と言ったのを聞いて、酔った私が飛躍してしまい、三人を強引にタクシーへおしこんで、赤坂の〈ブッシュ〉まで足をのばしてしまった。

〈ブッシュ〉の美川さん一家は以前から私をひいきにしてくれていて、その店の名も私につけさせてくれた。

なぜ〈ブッシュ〉かというと、それ以前にマスターがやっていた店が〈しげる〉という名だったからだ。〈しげる〉と〈ブッシュ〉。ごく単純な連想にすぎないが、開店以来結構はやっている。

ドアをあけたすぐ前の飾棚に、私の本を一冊残らず飾ってくれている。まるで私の店のようだが、資本関係は全然ない。マスターが酔狂でやっているのだ。看板やコースターも私の文字で、こんな店があるというのは小説家冥利に尽きるというものだろう。

で、酔った成り行きとして、すぐそばでマスターのお姉さんがやっている〈らあむ〉へ行って太田や管野が唄い、ふと正気に戻ったら、私一人が浅草へ戻るタクシーの中にいた。ほかの三人はあしたの仕事を考えて、さっさと帰ってしまったらしい。

いい年をしてみっともないことだが、その一週間ほど、私は少し荒れていたのだ。もう三月に片足踏みこんでおり、荒れた原因は日本の不公平な税制にあるが、そんなことはもう忘れたい。

その不機嫌がおさまったのは、三月二日の晩だった。紀尾井町の〈福田家〉で吉川英治新人賞の選考会があり、久しぶりに野坂さん、井上さん、佐野さん、尾崎さんなどの顔を見た上に、清水義範の作品が受賞してしまったのだ。

清水義範の受賞は、私にとってかなり擽《くすぐ》ったいものだった。名古屋生まれの彼を東京へ引っぱり出した犯人はこの私なのだ。

でも五十年に一度くらいは、こんなことがあってもいいだろう。毎年毎年《まいとしまいとし》ろくな目にあっていないのだから。

不公平税制で荒れていたのが、コロリと機嫌よくなり、銀座へ寄って野坂さんといっしょに、清水義範を肴に一杯やったあと、浅草へ戻って〈石松〉へ行った。

すると〈石松〉のおやじが待ち構えていたように、私の前へ角封筒を置いた。

「何遍渡しても忘れてっちゃうんだから」

「これ、なんだっけ」

「小宮君のお店のだよ」

「あ、そうか」

以前から、〈旬〉あたりで小宮君が何かの店をやりたがっていることはときどき耳にしていた。

それがようやく実現したらしい。で、封筒をあけてみた。

吉原交番の近くで、焼肉屋をはじめる案内状だった。招待日は三月三日と四日。

店名は〈国木屋〉とある。

「だいじょうぶかよ、こんな店やって」

私が言い、おやじが問い返す。

「どうして……」

「だって、冗談まる出しじゃないか」

そう言うとおやじも笑い出した。

焼肉・国木屋。平仮名で書けば、やきにく・くにきや、となる。

「でもすてきな連中だよな」

「どうして……」

「日本中に焼肉屋はどれくらいあると思う」

「うーん……数え切れねえだろうね」

「だろ。それだのに、焼肉を引っくりかえした国木屋を思いついたのは彼が最初だ」

「そうかも知れないな」

「こいつははやるぜ」

「でも、場所がちょっとなあ」

「いや、国木屋って屋号のことさ。そのうち徐々に知れわたって、日本中に国木屋って焼肉屋ができるだろう。国木屋の元祖は小宮君だ」

「ソンガ・国木屋。韓国語っぽいや」

「あしたピータンと行ってみよう」

「うん、そうしてよ。うちも花輪頼んだしさ」

ピータンは綽名。本名は水野君。浅草における私のよき飲み友達だが、どうもこのところ、ピータンにとりついた悪友が私であるような具合だ。

次の晩も冷たい風が吹いて、その風の中を倖屋が駆け抜けていた。きっと暑がっているのだろう。

「ピータンとこの前こっちの方へ歩いたときも、今日みたいに寒かったな」

背をまるめて冷たい風の中を歩きながらそう言うと、ピータンはこともなげに笑った。

「そりゃそうですよ。だってお酉《とり》さまだったんだもん」

ピータンはなかなかの遊び人で、外見はちょっと軽いが、根は行儀のいい好青年だ。いつも年長者として私を立ててくれる。でもここでこんな風に書くと、彼はまた仲間にからかわれそうだ。何しろみんな軽さを誇る冗談人間ばかり。私のようなオジンにしてからが、電話帳のヒの部にしか彼の番号を入れていない。本名水野のミの部をひいても、ピータンの番号は出てこないのだ。

そのピータンにいつか私が、

「俺はもう年寄りだから」

と言ったとき、真面目《まじめ》腐った顔で、

「そんなことありませんよ」

と否定してくれた。

「そうかな」

「そうですよ。半年寄《はんとしよ》りじゃありませんか、まだ」

ピータンは真面目に答えていた。精一杯ひいき目に言ってくれても半年寄りだし、冗談にせよ私を師匠と呼ぶ作家が賞をもらう。人生はその夜の風のように速く吹き過ぎて、それでもなお私は子供っぽい。

やきにく・くにきや、という看板が見えてきた。ビルの一階で道路に面している。吉原交番の赤ランプがその先にあり、道の右側一帯はソープランドだらけ。昔はとにかく、今の私には無縁の世界だった。

私はこのあいだの晩、同級生の太田や英ちゃんや管野が、ごく自然に示していた年相応の風格を思い出しながら、本日開店のその店へ入った。

国木屋の屋号をしんからうれしがって、冷たい風の中をわざわざ吉原まで歩いてきた自分と、すっかり貫禄《かんろく》のついた同級生たちを見較べていたのだ。

店内はご祝儀客でいっぱいだった。なんとか私たちもテーブルにありついて、ビールを飲みながら様子を拝見する。

なんとなく素人鰻《しろうとうなぎ》の匂《にお》いがしないでもない。肉を運んだり注文をとったりするのは、小宮君たち若旦那連中なのだ。

たっぷり脂《あぶら》をひいた鉄鍋にバラ肉を入れて焼く。焼けたら細長く刻んだネギのキムチでくるみ、塩と胡椒《こしょう》のタレをちょいとつけて食べる。

肉を食べおえたらキムチ、カクテキのたぐいを赤い汁ごとその鍋に入れ、飯とまぜ合わせて蓋《ふた》をしてしまう。そしてそのまっ赤な飯とスープでおしまい。合計六品でお代はお一人さま二千円。

安くて旨くて辛くて、その上食べおわるのが早い。このタイプの焼肉は私もはじめてだった。

本営業に入って日がたてば、いずれ料理や値段も少しずつ変化して、適当なところでおさまるのだろうが、開店初日の模様としては、なんとなく男の子の盛大なままごと遊びを見ているようで楽しかった。

が、翌日。例によって宵の口〈石松〉へ行くと、あとからすぐピータンがやってきて私のとなりに坐った。

「どう……うちの花輪出てたろ」

〈石松〉のおやじが私に訊く。

「うん、出てた。でも辛かったなあ」

「忘れてたけど俺、痔《じ》持ちなんだよね」

ピータンが顔をしかめた。おやじはうれしそうにおきまりの冗談を言う。

「赤飯炊いて祝おうか」

誰も笑わない。そのあとは客も現われず、会話も平凡で、

「ここんとこ毎晩だったから疲れちゃった」

と、ピータンも醒《さ》めた様子で帰ってしまった。

「疲れてるみたいだね、先生も」

「飲み疲れは毎度のことさ」

私は陰気な顔をしていたに違いない。客が跡切れたこともあって、おやじは私を放っておいてくれた。

「散歩してくるよ」

しばらくして私が突然立ちあがると、

「こんな時間に……寒いよ」

とおやじが言った。

「ちょっと仲見世までだ」

「飲まねえほうがいいよ」

「どうして……」

「淋しいとき飲んだってろくなことはないもん」

そうか、と思いながら私は外へ出た。〈石松〉のおやじは、私が淋しそうな顔をしていると感じたのだ。

なぜだかよく判らなかったが、私は仲見世の平尾英介に会いたくなっていた。

柳通りを出て言問《こととい》通りを突っ切り、浅草寺《せんそうじ》の境内を裏から抜けて本堂の前へ出た。

雷門まで一直線の仲見世は人通りもまばらで、もう閉めてしまった店もある。

英ちゃんの店も閉めはじめていた。

「今晩は」

そう言うと英ちゃんが振り返り、

「こないだはどうも」

と笑顔で言った。赤坂の〈ブッシュ〉へ行ったときのことを言っているのだ。

「手伝おうか」

冗談……というような顔で英ちゃんは私をちらっと見ると、あっという間にシャッターをおろしてしまった。

「どこかの帰りかい……」

「いや、ただの散歩」

英ちゃんはシャッターの施錠を確認すると、本堂のほうへ歩きだした。仲見世の人は、店をしめたあと、たいてい観音さまへ夜のご挨拶に行く。

宝蔵門をくぐって本堂正面の階段をあがり、賽銭箱へ硬貨を投げこんでから、そのうしろへまわると、閉じた鉄扉《てっぴ》の合わせ目に大きな真鍮《しんちゅう》の把手《とって》が二つ並んでいる。その把手の最下部には、扉側に把手と同じ真鍮の、受けの突起がついている。

英ちゃんは把手の片方を持って、軽くその突起に打ちあてた。

それでも把手はかなり重いから、ドンドン、と二度鉄扉に鈍い音を響かせた。

合掌、瞑目《めいもく》。

英ちゃんのとなりで、私も同じことをしていた。一年三百六十五日、英ちゃんは店をしめてから必ずそれを繰り返しているのだ。

観音さまあればこその仲見世の店主だから、当然と言えば当然だろうが、毎日の生活にそういう芯《しん》を持っているということは、大きく踏み外すことがなくてすむということであろう。

信心とはこういうことかもしれない。朝晩観音さまに手を合わせ、浅草寺の伽藍《がらん》や境内のたたずまいそのものを、自分のものとして愛している。

それは農夫が自分の住む村や田畑、とりまく四方の山河ことごとくを愛することと同じだ。

そして両者とも、自分の愛するものによって生活が成り立っている。

みごとな調和だ。そして私の生活にはその調和がない。

十代のおわりから東京中を流れ歩き、しまいには芦《あし》ノ湖畔《こはん》のホテル暮らしから、気まぐれのように北海道へまで移り住んでしまっている。

さっき〈石松〉でふと感じた淋しさはそれだったのか、と思った。

「どうする……〈フジキッチン〉へでも寄ろうか」

本堂の階段をおりながら私に向けた英ちゃんの声は、やけに優しかった。

「いいねえ。ビール奢《おご》ってよ」

甘えてそう答えながら、さすがに浅草の連中は敏感だと思った。ふだんはしゃれと冗談で、さらりさらりと身を躱《かわ》してはいるが、見るべきところはちゃんと見ていて、さりげない気のつかいかたをする。私が育った古い下町は、どこでもみんなそうだったような気がした。

自宅へ帰る英ちゃんと伝法院通りの角で別れた私は、ジャンパーのポケットに両手を突っこみ、背を丸めて六区のほうへ歩いて行った。

伝法院塀ぞいの小さな店々はみな閉まっており、人通りもまばらなら、車ともすれ違わない。

なんでこんなうすら寒い思いになるんだろうと、自分の内部をのぞき込むような感じで歩いていると、いつのまにか場外馬券売場の脇を抜けて、ひさご通りの前へ出ていた。

そうだ、久しぶりに〈八勝亭〉へでも行ってみよう、と、私は足を早めてひさご通りを通り抜け、言問通りを渡った。

細い格子に曇りガラスをはめた戸をあけると、

「あら、いらっしゃい」

と、おかみの百合子が笑顔で寄ってくる。カウンターの中では十両まで行った元関取の荒木氏が、角刈りの頭をペコリとさげてみせた。

四股名《しこな》は荒木。本名のまま十両になって、腰をいためて引退した。そのあと百合子と夫婦になり、〈八勝亭〉というちゃんこ料理屋をやっている。

百合子は三人姉妹のいちばん上で、下に千賀子と万智子がいる。千賀子の連れ合いは私が広告屋だったころの後輩で、名前は結城伸次。今は〈八勝亭〉のすぐ近くで習字の塾をやっている。

「お一人……」

「うん。カウンターでいいよ」

私は荒木氏のまん前へ腰をおろした。

「ごぶさた」

「どうも」

「とりあえずビールを」

荒木氏は口数が少ない。

荒木氏は頷いた。目尻だけで笑ってみせている。

「仲見世のほうからぐるっとひとまわりしてきたら、喉《のど》がかわいちゃった。空気が乾燥しているんだな」

私は三年ほど住んだ北海道の冬を思い出しながら言った。そこでは真冬になると湿度が二十パーセント以下になった。外の気温はマイナス二十度も珍しくなく、よく三十メートルをこえる風が吹いた。床暖房をはりめぐらせた室内の要所要所には、常時大型の加湿機が音をたてていたものだ。

箸《はし》と突き出しの小鉢《こばち》、タンブラー、そしておしぼり。

「久しぶりですわね」

百合子がビールをついでくれる。

「行くとこが多くて」

私はそう答えてビールを飲んだ。小鉢の中はささ身のぬた。

荒木氏がカウンターの端へ行って百合子に何か合図をしたようだ。私は小鉢のぬたに箸をつけ、ビールを飲んでいた。

そのビールが燗をした酒にかわったころ、ガラガラッと戸があいて、結城伸次が現われた。

「やあ」

私のとなりに腰をおろし、カウンターに左肱《ひじ》をついて、私の顔をのぞきこんだ。

「不景気な顔してる」

「そうか、百合子さんが教えたんだな」

さっき荒木氏が何か合図したあと、おかみの百合子がどこかへ電話したようだった。

「俺にも酒」

結城は百合子にそう言い、百合子はすぐ彼の前に盃を置いた。私がそれについでやる。

「変わりないか」

「ないね、全然」

結城は笑っている。

「万智《まっ》ちゃんがいないな」

この店を手伝っている万智子の姿がないので、私はさっきから百合子に尋ねようと思っていたのだ。

「アメリカへ行ってる」

結城は淡々と言った。

「観光……」

「亭主にくっついてね。まあ半分はそんなところだろう」

一番下の万智子は以前銀座のクラブで働いていて、十六も年上の男に惚《ほ》れられ、結婚した。田園調布の豪邸に住み、山中湖に別荘があるというご身分だが、万智子は夫の事業がいつまでもそんな景気よく行くとは信じておらず、将来没落した時の準備にと、この店で飲食店の経営を修業中なのだ。

ご亭主がまた、子供を甘やかすように目を細くしてそれを許している。

「このごろは西田さんの仕事も手伝えるようにって、秘書のお勉強もはじめたようなんですよ」

西田さんというのは、ご亭主のことである。おかみの百合子が銚子を運んできて、私に酌《しゃく》をしながらそう言った。

その百合子と万智子の間に、結城の妻になった千賀子がいる。三人姉妹で浅草育ち。

実家はすぐそこの畳屋だったが、両親はとうに亡くなっている。

「越してきて、そろそろ一年になるな」

結城が言った。

「うん、ちょうど去年の今ごろだ。あのマンションに住むことがきまったのは」

「建って一年目じゃ、まだ冷えるだろう」

「それはあまり感じない。それに取材のための基地みたいなもんだからな。まとめて集中的に書くときはホテルへ入ってしまう」

「カンヅメか」

「そんなところだ」

「浅草へ来てよかったみたいだな」

「うん。やはり俺は下町生まれだ。東京中を転々としたが、五十を過ぎると地金《じがね》が出てくるようだ」

「本所《ほんじょ》、深川、立石《たていし》、柴又《しばまた》……」

幼馴染だから、結城は私の過去をよく知っていて、住んだ場所を数えあげはじめた。

「銀座の二丁目にもちょっと住んでいたよな」

「うん。それから渋谷の地下鉄の車庫のそば、芝の田村町三丁目、伊豆の伊東に一年。

新宿歌舞伎町、新宿御苑前、神保町一丁目、千葉の江戸川台、阿佐谷、西巣鴨、浦和、千駄谷《せんだがや》五丁目に代々木三丁目。六本木、新宿副都心、世田谷区若林、同じく桜三丁目、高円寺、元箱根、それから苫小牧《とまこまい》」

荒木氏がカウンターの中で笑いだした。

「めちゃくちゃだ」

「そうかもしれねえ」

私は苦笑して酒を飲んだ。

「もう順番だってちゃんとは言えないよ」

「ちょっと沈んでるみたいだな。平《へい》さんらしくもない」

古い友達は私のことを平さんと呼ぶ。本名が平太郎なのだ。

「うん、ちょっとな。なんだかしらないけど、急に淋しくなりやがんの」

するとと結城はパチンと指を鳴らした。

「やっぱりそうでやがる」

「なんだい。俺のことが判るのか……」

「見当はつく」

「どういうことだい。教えろよ」

「平さんなんか、若いころからあっちこっち渡り歩いて、どこへ行ってもまわりとうまくやって行けるという自信を持っていたはずだ」

「うまくやらなきゃ仕方なかった。はじめのうちは住込みが多かったんだから。魚屋、肉屋、割烹料理屋に酒場。仲間と近くの銭湯へ行って、寝て起きればすぐ仕事という暮らしばかりだ」

「仕事が変わると住む場所を変わる。まわりの人間の癖みたいなものもその都度変わるんだろ」

「そうだよ。当たり前じゃないか」

「平さんほどじゃないけど、俺もそんな具合だった。人生ってのはそんなものだと思って、ちっとも苦にならなかった。でもさ、俺たち東京の下町の人間で、この浅草って土地には特別な思い入れがあった。立ちどまれないほどの人波が六区に動いていたころの浅草が、俺たちの浅草だものな。歌も踊りも芝居も、流行《はやり》のみなもとは全部浅草にあった。だから浅草で暮らしはじめた当座、浅草を受け入れ、体の中へ取り込むことに快感があったんだ。でも、一年目くらいに、ちょうど今の平さんみたいになったんだよ。なんだか知らないけど、淋しいんだな」

「結城もか……」

「うん。で、よく考えてみたら、浅草、なんてきまった型《かた》はなかったんだよな。江戸から東京へかけて、このばかでかい都市がこしらえた庶民生活の、ちょっと煮つまった形がここに集まっているってだけのことだ。浅草に生まれた特別なパターンの人間なんていやしない。でも俺はそれをいい形だと評価していたから、こっちから合わせるんじゃなく、胸を開いてうけ入れ、同化しようとしていたのさ。平さんもそうじゃないのかい……」

「やっぱりここでもよそ者だと言うわけか」

「いや違うんだ。同化する必要なんかなかったのさ。俺や平さんは、生地《きじ》のまんまでいればそれで浅草の人間なんだ。はじめっから浅草が理解できていた。浅草は何も特別な場所じゃない。特別だったらこの変化の激しい時代に、とうに滅んでしまってただろう。威張りたがらなくて、金持ぶる奴を嫌う、ごく当たり前の庶民の町さ。安い酒を旨く飲ませなきゃ客が集まらない。だとすれば売り物は店主の気っぷしかないだろう。それだけのことだよ。平さんごひいきの、〈石松〉って店のレバーは一串《くし》いくらだい」

「百円」

「ほらみろ。その値段で店を小綺麗にして、おやじの気っぷがいいから、みんなが集まるんじゃないか。そういう店がはやれば、それに対抗しようという店も似たようなことになる。いつか奢ってもらった〈傘屋〉だって、形こそ違え似たようなものさ。あまり金をかけずに、小綺麗でちょっと粋な感じに仕上げようと知恵を絞った結果があの店だ。そういうのがかたまってこの浅草ができあがってる。それを特別な形だと思い込んだほうが間違いさ。少なくとも下町の人間にはね。俺たちだってここで店をやろうとしたら、〈石松〉や〈傘屋〉みたいなことになるだろうよ」

「そうか……自分をゼロにして浅草に浸ろうとしてたのかも知れないな」

「でも浅草っ子だって、めいめい自分なりに生きている。俺が一年目に淋しくなったのは、それが判ってきたからだったんだ。浅草に特別なところは何もなくて、自分も少しも変われない。当たり前のことなんだが、思い入れが強すぎたから、ここも自分のいるべき場所じゃないような気がしはじめたのさ。それまでの一年間、浅草だ、浅草だって、少しはしゃぎ過ぎたからね」

ピータンの顔が目に泛《うか》んだ。地方の人が東京の下町に対して、特別な感情を持つように、墨田、江東という隣接地に育った私もまた、浅草にひとつの幻影を見ていたようだ。

「はしゃぎ過ぎ、か……」

たしかにそうだ。浅草も東京の下町の一つに過ぎない。

ただその浅草を、私は少年時代の視点から、夢の町として見ていたのだろう。……それでは浅草が迷惑する。

しかし、それでもここは徹底した庶民の町なのだ。私の中には、この年になってもまだ、依然として、金持ぶる奴を毛嫌いする精神が残っている。いい恰好をしたがる奴をさげすむ心がある。

それは戦前の下町の、基本的なものだった。晴れ着を着せられたときの恥ずかしさ。スカしてる奴という最悪の軽蔑の言葉。

だが今は、ロールスロイスに乗って金ピカの時計をちらつかせ、寿司屋の職人相手に自分のヨットの自慢をしてうれしがる人が増えた。それが当たり前のようになっている。

「なんだ、やっぱり浅草は俺向きだ」

私はそうつぶやいて酒を呷《あお》った。

やきにく・くにきや……。

洒落の好きなすてきな青年たちだが、少し私は年をとってしまい、その遊びの仲間には加われなかっただけのようだ。

吉原交番前、焼肉・国木屋。実在の店である。どうぞごひいきに。

第十話　へろへろ

「六日じゃまだ五分《ぶ》か六分ってとこだろう」

〈源寿司《げんずし》〉のおやじがそう言った。隅田川ぞいの桜の噂だ。

「暖冬だなんて言ってたわりには、ちょっと遅めだな」

私はそう言って鰹《かつお》の刺身に箸をつけた。酒はぬる燗。外の夜風も春めいてぬるかった。

〈源寿司〉はこのごろ通いだした寿司屋だ。場所は私のすまいから出て千束《せんぞく》通りの向う側。猿之助《えんのすけ》横町のあたりだ。

縁というのはまったくふしぎなもので、幾重にもひっからまって手もとへ戻ってくる。

新宿のヒルトン・ホテルで西沢に会ったのがそれだ。西沢は柴又時代の遊び友達だった。私は高校生のころ、葛飾《かつしか》の柴又に住んでいた。

それが、原稿書きにたてこもったヒルトン・ホテルの寿司屋の椅子に坐ったとたん、

「よう、しばらく」

と、右どなりから私の顔をのぞきこむようにして笑ったのだ。でん、と立派な体を仕立のいい焦茶《こげちゃ》の三つ揃《ぞろ》いで包み、手首にはローレックス、眼鏡は多分ローデンストック。部下らしい四十なかばの男二人と並んで坐っていた。貫禄充分だし、どこの社長だったか思い出せなくて戸惑っていると、

「俺を忘れるなんて、平《へい》ちゃんも薄情だな」

と言った。

そのなれなれしさはビジネスマンのころもを脱ぎすててしまっている。

「あ、新ちゃんか」

それで私も思い出した。歳《とし》は私より三つ下。米屋の倅《せがれ》で私の家来のような役まわりだった。

「久しぶりも何も、柴又を出て以来だ」

付合いがあったのは私が十五から十七くらいのあいだで、年齢も違えば学校も違うから、別れたあとはまったく往き来のなかった相手だ。

「それにしてもよく憶えてたな」

「十何年前かな、平ちゃんが小説家になっているのに気がついたのは。あのときはびっくりしたもんだ」

「どうして判った。俺はテレビとか写真とか、そういうのは苦手だから……」

「小説じゃない。随筆で帝釈《たいしゃく》さまの裏手のことや、江戸川の土手へ犬を連れて行ったことを書いただろう」

「そうだったかな」

「そうだよ。ベルは今でも私の心の中で走っている……そういう結びだった。ベルって名前で、書いたのが平ちゃんだと判った。あんたは一人きりでベルと淋しく遊んでいたように書いてたけど、たいてい俺もいっしょだったんだぞ。小説家って嘘つきだなあと思ったよ」

「そうだったたな。二人とも自転車に乗ってベルを追いまわしたっけ。ベルは俺たちに追いかけられる遊びが大好きだったんだ」

「叔父さんの自転車……」

柴又の米屋の次男新二郎が、今は貫禄たっぷりの社長風に変身して、なおかつ昔の家来の目で私をみつめたのだ。

みつめられた私は、目をそらさざるを得なかった。

昭和二十年代のことだから、自転車もまだ貴重品で、私が乗りまわしていた中古の自転車は、叔父さんからもらったものだった。

よく手入れをして毎日乗りながら、私はその自転車を憎んでいた。そのことを知っていたのは西沢新二郎だけだった。

「おふくろも叔父さんも死んだよ」

「そうだろうな」

西沢は淡々と言い、まだ酒の注文もしていなかった私に自分の盃を寄越し、酌《しゃく》をしてくれた。

私はその酒を飲みほして盃を西沢に返した。

「苦《にげ》え酒だ。俺のをくれ、いつものぬる燗だ」

「はい」

顔馴染の女の子がすぐ返事をした。私のまうしろに立って注文を待っていたのだ。

「社長、ご奇遇のようで、わたしども遠慮いたしましょうか」

西沢の連れの一人がそう言った。

「ご奇遇なんて言葉があるのか」

西沢は苦笑している。その様子で判断したのか、連れの男は二人とも立ちあがって私に名刺を渡し、挨拶した。

一部上場企業の常務取締役と総務部長だった。西沢は照れ臭そうな顔で名刺を出そ

うとはせず、

「柴又あたりはまだ田んぼだらけだったころのことさ」

などと、大ざっぱな説明をしている。

「ええもんだ。あの新ちゃんがこんな立派な会社の社長かよ」

私は二枚の名刺を見ながら溜《た》め息をついた。少年時代にはそんな片鱗《へんりん》もうかがえなかった子だ。

それからは冗談まじりのよもやまばなし。西沢は私の小説をよく読んでくれているようだった。

いま浅草に住んでいるなら、是非〈源寿司〉という店へ行ってみてくれないか。

……そのとき西沢がそう言ったのだ。

値段が高いことで知られた都心のさる寿司屋に長年勤めた職人が、自分で店を持てる段になったら、どうしても安い店をやりたいからと、浅草の小さな店のあるじになってもうだいぶたつのだそうだ。

「すまいは世田谷だし会社は京橋だしで、もうほとんど縁が切れたようなことになっているんだ。よかったらひいきにしてやって欲しい。あいつの根性を買っているんだよ」

と、そういうわけで〈源寿司〉へ足繁《あししげ》く出入りするようになって三カ月。桜の噂をする季節になった。

「桜なんて、あっという間だもんな」

私とおやじの話を横どりして、カウンターの隅に三人並んだ男たちが言いはじめる。

「だからいいんだよ。あんなもん、いつまでもしつっこく咲いててみろ。花見なんて誰もしなくなる」

「夜桜見物は風邪を引きやすいしな」

その三人は〈源寿司〉でよく会う顔だ。年齢は三十四、五といったところ。話の様子ではどうやら小学校や中学が一緒だった仲のようだ。

カウンターの中のおやじはふっくらとして、見るからに人当たりのいい色白の五十男。以前働いていた店では主人からも信頼され、暖簾分けの話も出たそうだが、その店のあまりにも高級すぎるやりかたにほとほと愛想をつかしていたらしく、カウンターに七、八人、四人席が三つ四つという小ぢんまりとした店で若手の職人を自分なりに育てることを楽しんでいる風情だ。

「だいたい、桜、桜って花のことばっかり言うけどよ、そのあとの毛虫のことは誰も言いやしねえ。桜の木の毛虫のことを知らねえのかな」

私は色白丸顔のおやじのまん前に坐って手酌でちびちびやり、三人連れはのん気なお喋りを楽しんでいる。

「花のあとには毛虫がござる、か」

私には何からの引用か判然としない。浅草あたりの若い衆の中には、子供のころから邦楽をやっている人がかなりいて油断ができない。今でも公会堂に若手の歌舞伎がかかったりすると、わんさとつめかける土地柄なのだ。小唄《こうた》、清元《きよもと》の会などは、毎月公会堂の予定表をびっしり埋めている。

「濡《ぬ》れてのすえのいさかいは……」

果たしてまん中の瘦《や》せぎすの男が節をつけて低く言った。小唄、それも新作の、と私は見当をつけた。

「そう言えばシマちゃん、喜美ちゃんはどうしたんだよ」

「いるよ」

「いるよって……ばか、どうなったんだって訊いてるんだよ」

「だからいるよ、今戸《いまど》のマンションに」

「マンションだなんて言いやがる。鉄筋アパートだ、あれは」

「だからあそこにいるよ」

「お前、別れるって言ったじゃないか」

「言ったよ。悪いか」

「居直ってやがる。別れるの別れねえのってガタガタしてたから、どうなったかなって心配してんじゃねえかよ」

「おやじさん、お酒ないよ」

「あいよ、何本……」

「二本」

「俺も」

「じゃあ三本つけて」

「あいよ」

丸顔のおやじはニコニコしているだけで動きもしない。そばで、はたちそこそこの若いのが機敏に動いている。

「タッちゃんよ。お前なにかってえと知ったかぶりしやがるけどさ、男と女のことなんて全然判っちゃいねえんだな」

「どうして」

「だってそうだろうよ。男がいったん別れるって言ったくらいで、そいじゃさようもならって別れちゃうようじゃ、ちゃんとした女じゃねえぞ」

「あれこん畜生。どうなってんだ」

「たしかに俺はあんとき、別れるって言ったさ。でも喜美子の奴、屁でもねえって顔しやがってよ」

「へぇ」

「ばか。くだらねえや」

「くだりゃ屁ぐれえ出るさ」

「よせってえの、ばかばかしいから」

「ほらみろ、大野がおこってる」

「屁って言い出したのはお前だろ。じゃあやっぱり別ればなしを喜美ちゃんにあっさりはねつけられたってわけか」

「だって向こうのが筋が通ってるもん」

「どういう筋……」

若いのがカウンターの上へ銚子を三本のせた。

「はいお酒」

「おう」

右端のシマちゃんがそれを取って、一本ずつ左へ渡して行く。

「トリガイくれよ」

「俺も。一緒でいいよ」

「はい」

「あたしにはそんな罰を受けるようなことをした覚えはございません、だとさ」

「喜美ちゃんが……」

「うん」

「別れるのが罰か……」

「筋が通ってるだろ」

「うめえ言いまわしだけど、どことなくおかしいな」

「どこがだよ」

「肝心かなめのとこさ」

一番奥にいる大野というのがケタケタと笑った。

「みろ、大野だっておかしいってよ」

どうもその大野という男が少し兄貴分らしい。

「どうおかしいのさ」

「お前と別れるのがなんで罰になるんだよ。無罪放免の特赦じゃねえのか……」

「好きに言ってろ」

「一時は本気で別れる気だったんだよ、こいつ。でも、別れるのが罰、かなんか言われてまたいい気分になりやがって。だいたいお前は喜美ちゃんにへろへろなんだよ」

「いいじゃねえか。こっちをへろへろにさせてくれる女をいい女って言うんだ」

「俺、嫌《や》な話をはじめちゃったな。シマの惚気《のろけ》を引き出しちゃった。ここの勘定お前が持て」

「そうは行くかい。妬《や》かれたり勘定持たされたりしてたまるか」

「あ……俺が妬いてる……」

「妬いてんだろ」

「はいトリガイ」

「おう。俺、コハダもらおうかな」

「握りますか」

「ううん、肴《さかな》だ」

「はい」

「でも、いいよな。そんなうちが花だ」

「俺のことか……」

「うん。独身でさ、彼女作ったたって浮気だなんだって揉《も》めることもないし」

「二人目作りゃ揉めるさ」

「できたの……」

「そんなことするわけねえだろ。仰せの通りへろへろだもん。今んとこくたびれてる」

「いい加減にしろよ」

「お前だってまだ二年目じゃねえか。新婚みてえなもんだ」

私の銚子がからになった。それを黙っておやじに渡すと、おやじは目で笑って頷いた。

「喜美ちゃんと一緒にならねえのかよ」

「考えてる」

「へろへろなら考《かんげ》えることなんぞねえじゃねえの」

「どうなんだろう……」

「何が」

「結婚しちゃったら、へろへろもおしまいになっちゃうんじゃねえかな」

「知るか、そんなこと」

「なあ大野、どうなんだろう」

「人によるんじゃないのかな」

「俺さ、たしかに今んとこあいつにへろへろだよ。でもさ、こういうのって、どことなく正式じゃないからみたいなんだよな。正式に女房にしちゃったらさ、男と女以外のことも入ってくるだろ。親とか親類とかさ」

「たしかに分別は働いてくるよな」

「そうだろ。分別ぬきでカッカしてるからこそへろへろにもなろうってもんじゃないか。俺、そんな感じがしてしょうがねえんだよ。だからさ、できるだけ長くへろへろを楽しんじゃおうかな、って」

「シマ、それじゃお前喜美ちゃんをかみさんにはしない気か。そりゃないぜ。あれはいい女だ」

「そのうちへろへろが少し落着いたら来てもらうさ」

「来てもらう……お前、少しは強くなれよ、女に。家《うち》へ入れてやるとか言えねえのか」

「俺、末っ子だもん。入れる家なんてありゃしねえ」

「あ、そうか。のん気でいいな」

「タッちゃんは長男だったからな」

「ばか、今でも長男だ」

「でもおやじさんが死んじゃったんだもん、当主じゃないか」

「おかげであいつも苦労してる」

「浮気すんなよ」

「その気はないね」

「浮気でいい女に当たると、へろへろになっちゃうぞ。そうなりゃもう家庭はガタガタだ。ガタガタのへろへろ。ざまみろ」

「どこでざまを見りゃいいんだよ。俺は浮気なんかする気ねえもん。自慢じゃねえけど、今んとこかみさんが俺にへろへろだ」

「違うって、判ってねえなあお前。いいかタッちゃん。へろへろってのはちゃんとした夫婦じゃないからなれることなんだぞ。百歩ゆずってあの小夜ちゃんがお前にへろへろだったとしても、それはへろへろなんて言わねえの」

「じゃあなんて言う……」

「ただの愛情。ただ、愛してます。ただ、愛されてます。へろへろってのはな、もうちょっと色っぽくってうしろめたいんだ」

「うしろめたい……ほんとか……」

「そうさ、不倫だもん。通いつめてへろへろになるって奴。俺だって独身だけど、親や兄貴たちにまだなんにも言っちゃいねえから、これで結構コソコソやってんだ。だから少しはうしろめたいし、反対されたら家を飛びだす、くらいの覚悟はしてる」

「そうか、へろへろってのはそういうことか」

「判ったか、夫婦じゃへろへろになりようがねえんだ」

「そうか、気分のことだな。俺はまた、今までちんぽこがくたびれちゃったみたいのを言うんだとばかり思ってた」

「えれえ勘違い。あ、そうするとお前が小夜ちゃんをへろへろにさせてるってのは……」

「変なこと考えんなよ、お前。助平だなあ」

私とおやじはとうとう声をあげて笑いだしてしまった。

「みろ、人に聞かれちゃったじゃねえか」

するとおやじが三人のほうへ顔を向けて言った。

「耳に栓《せん》でもしとかなきゃ、どうしたって聞こえちゃうよ」

若い職人もニヤニヤしながら私のところへ銚子を運んできた。

「すまないね」

私も三人のほうへそう言って頭をさげてみせた。

「面白い話を聞かせてもらっちゃったから、お礼に二、三本送らせてもらっていいかね」

おやじが右の人差指を立てて若いのに合図しながら、三人に私を紹介してくれる。

「このごろよく会うだろ。この人、小説家さんだよ」

「あ、見番《けんばん》のそばで浅草のこと書いてる人……」

「そうだよ」

噂は聞いている、と言って三人は私に挨拶する。

あの店へ行くか、あそこならよく知ってる、などというやりとりがあって、三人のところへ私の礼の銚子が三本。

「奢《おご》ってもらうのはいいけど、これ飲むとさっきの書かれちゃうんじゃないかな」

喜美ちゃんにへろへろの島田君が言った。

「あんなの小説になるわけねえだろ」

まん中にいる痩せぎすの達山《たつやま》君が笑う。小夜ちゃんという奥さんをへろへろにしている旦那だ。

「大野ちゃん。あんたのおやじさんのあの話なんかいいんじゃないかな」

丸顔のおやじが言った。察した通り三人とも中学まで同級生で、その大野君が一番勉強ができて、学級委員か何かだったらしい。

「うちは合羽橋《かっぱばし》なんです」

大野君がそう言っただけで商売の見当がつく。鍋釜、包丁のたぐいから皿、鉢《はち》、灰皿、椅子、テーブル、看板に至るまで、和洋中華なんでもかでも、調理、飲食に必要な物ならない品はないという専門店街なのだ。

「うちのおやじが四十代のころのことです」

大野君は落着いた物言いをする男だ。

「恋人ができたんだそうです。相手は向島の人で」

芸者さんだろう。

「ばれて、よくおふくろと喧嘩してました。さっきこいつらが言ってた、へろへろって言葉を聞いたのは、そのときが最初です。あんた、その人にへろへろにされてるんだからって……おふくろが言ったんです。ずいぶん長いあいだ、そんな揉めかたをしてました。おやじが、こそこそっと出かけて行くとこを見ると、ああ、へろへろのとこへ行くんだなって思ったもんでした」

「そのお父さんは……」

「達者でいますけど、おふくろはずっと前に死にました。あんまり体の丈夫なほうじゃなくて」

大野君は淡々と言う。そばの二人はもう散々聞かされた話らしく、ひっきりなしに私のほうへ視線を向けて、反応をたしかめているようだった。

「おふくろが入院したとき、おやじはその人と別れる決心をしたそうです。そう悪い男じゃなかったんだと思ってます。おふくろが重い病気にかかったことで、自分を責めたんだと思います」

「そうだろうね」

「死んでくれればいいさいわいで、そうすればその人を家《うち》へ入れられるとか、そんな風には思わない男なんです」

大野君の言い方は、父親をかばっているようだった。

「で、別ればなしをしに向島へ行きました。雨が降ってる日だったそうです。行きはどうしたのか知りませんが、帰りは言問を渡って歩いたそうです。先方さんは泣く泣く承知してくれましてね。おやじも辛《つら》かったんでしょう。小雨の中をトボトボ歩いて帰って来たんですからね。もっとも、浅草から菊屋橋までは市電に乗ったそうですけど。季節はちょうど今ごろ。桜が満開だったそうです」

「いい絵だね」

私はそう褒《ほ》めたが、内心少し月並だと思っていた。

「帰ってきてもおふくろはいませんしね。濡れた洋傘《こうもり》を裏の倉庫の中にひろげて置いて、店へ出て商売をしていたそうです」

はてな、と私は思った。月並な話にしては、まだ底がありそうだ。一つばなしでここまで語り継がれるには、もうちょっと凝った仕組があるに違いない。……そんな風に人の話の先を読もうとするのも、小説書きのいじましさだろうか。

「あくる朝起きて店をあけ、倉庫へ入ったら傘が乾いてました。おやじはそれを畳んで巻こうとしました。そしたら、ひとひら、桜の花びらが……」

見事、と私は心の中でその実話に、作りものに対して送るような喝采《かっさい》を送っていた。

「向島の桜だね」

「ええ、きっとそうでしょう」

「で、お父さんはどうしたの……」

「すぐ向島の人に電話をかけたそうです。きのうの話はなかったことにしてくれ、今まで通りにしてくれって」

「矢《や》も楯《たて》もたまらなかったんだろうね」

「でもその人は電話を切っちゃったそうです。黙って」

「それでおわったのか」

「いいえ。何日かしてから、人を仲に立てて会ったそうです。たった一枚の花びらを、押し花のように懐紙にはさんで持って行って、それをひろげて見せたそうです。……この通り、お前が傘にくっついて来ちゃったんだ、って。そうしたらその人がおやじにとびついて、いい歳をした二人が、他人の見ている前で抱き合って、いつまでも泣いていたそうです。そして、おやじはおふくろが死んだあともへろへろを続けてました。それ以来おやじはだんだん信心深くなって、しょっ中おふくろの墓参りに行ってます」

「その人は……」

「おととし、死にました。俺はとうとうその人の顔を見ずじまいでした」

　ちょっと間《ま》があって、島田君が言った。

「どう……これなら小説になるでしょ」

「おとなっぽい話だね」

恋とは、うら若い二人のものだけではないことは、私にもとうに判っている。だがそのとき、私はなんとなく吹っ切れたような気分になっていた。

それからまた、ひとはしゃぎしたあと三人は帰り、〈源寿司〉の客は私一人きりになった。

「トリガイ、旨そうだったな。まだあるかい」

「あるよ。おい、トリガイ」

おやじは若いのに命じた。

「どう……飲《や》らないか」

「だったら俺、ビールがいいや」

「じゃ坊や、おやじさんにビール」

「はい」

「こいつの名前は健坊。もうすぐ二十一だよ」

「そうか。坊やじゃ気の毒だな」

「でも、男なんていつまでも浅はかな餓鬼みてえなとこがあるもんだよね。さっきの話じゃねえけどさ」

「そう言えばおかみさんは……」

「そんなものは持たずに通した……」

おやじは自分でビールを注《つ》ぎ、グラスをちょっとあげて見せてから、一気に飲みほした。

「喉が渇いちゃってね」

「一度も結婚せず……」

「うん」

下を向いて二杯目を注ぎながら答える。

「おやじにもなんかあったな」

「何が……」

「傘に毛虫がくっついたとか」

あはは……とおやじは笑い、また旨そうにビールを飲んだ。

そのあと、帰りがけに〈石松〉へ寄ったら、〈石松〉もひまのようだった。でも飲み友達のピータンと萩原君がいて、萩原君が今度向島の寿司屋へ行こうと誘ってくれたりした。

そして夜ふけの仕事場。

私は柴又時代のことを考えていた。オジサンは小父さんと書きあらわしてもいい相手だったが、なぜか私の頭の中には、叔父さんという文字で焼きついている。それは母がオジサンと呼べと私に強制したせいだろう。そのオジサンは中年の男性に対する一般的な敬称以上の意味を持っていたのだ。

叔父さんは母の恋人だった。彼はよく私の家へ泊まったし、母とまめに旅行してまわりもした。

その叔父さんが中古の自転車をくれたのだ。私は西沢新二郎などと遊びまわるためにも、その自転車をよく手入れしなければならなかったし、大切にも思わなければならなかった。

それでいて、ときどきその自転車を蹴《け》り倒したりもした。米屋の新ちゃんはそのへんの事情を知っていたのだ。

好きでないものを大事にしなければならない。大切ではないものに頼らなければいけない。思春期にいた私は、それを不潔だと感じた。だから「叔父さんの自転車」に乗りながら、ときどきその自転車を憎んだのだ。

だが今、私はそこからずいぶん遠いところへ来てしまっている。

叔父さんは母にへろへろだったのだ。叔父さんは加害者などではなかったのだ。どんなに無理をして柴又の母子家庭に通っていたことだろう。別れようとしたことも、一度や二度ではなかったはずだ。

私の母が叔父さんをへろへろにさせたのだろう。へろへろになった叔父さんは、母の葬式にも来たし、その後の法事にも欠かさず顔を出していた。

傘についた桜の花びらのようなことがあったのかも知れない。

叔父さんの葬式に私は参列しなかったが、すべてが遠のいてしまった今、へろへろをやりとげた叔父さんに敬意を表そうと思う。

その晩私は、母と叔父さんが旅先からひょっこり帰って来そうな気がしてならなかった。

第十一話　日和下駄

浅草暮らしをはじめて間もなく、私は〈日本下駄振興会・会長〉という肩書きの名刺をこしらえた。もちろん冗談のつもりだが、浅草でさえ下駄を履いて歩く人がめっきり少なくなっているのに気付いたからだった。

下駄振興会の上に、わざわざ日本と断わってあるのが気に入っていた。日本以外にも下駄を履く国があるのか、とは誰も言わなかったから妙だが、自分では、日本下駄……という冗談をうれしがり、会う人ごとにその名刺を渡していた。

その名刺の手前、というわけではないが、浅草へ来てからの私は、毎日のように下駄を履いて歩きまわっている。下駄を履く人こそ少なくなったが、浅草は依然として下駄履きの適《あ》う町で、珍しがる風《ふう》もなければ不自然なところもいっこうにない。

これがもし、青山、六本木あたりだったら、イキがって履いていると思われるか、とんだ田舎者が紛れこんできたと思われるか、とにかく特別な目で見られることは間違いなかろう。

それに、浅草を下駄で歩くのには利点が二つある。第一は飲食店に畳敷きの小間《こま》を持ったのや座敷のある店が多くて、脱いだり履いたりトイレへ行ったりするのに、面倒がなくていいということだ。

第二は地元の人間であるという身分証がわり……つまり通行手形のような役目をしてくれることだ。

生まれ育ちは下町でも、この二十年山手暮らしだったのが、北海道に三年いてごぶさたの仕上をし、それが突然舞い戻っての浅草ずまい。だからおのぼりさんよろしく、どこへでも首を突っ込んで覗《のぞ》いてまわる。

そんなとき、竹ばりの下駄を履いて、

「やあ……」

と笑って頭をさげれば、相手はハテどこの誰だったかなと、参詣客やただの通行人とは思わない。

竹ばりの下駄を履くのには特別な意味などない。生来の脂性《あぶらしよう》で柾目《まさめ》の十何本も入った下駄で得意がっても、すぐに汚れてみっともなくなるからだ。

その下駄で上野、湯島のあたりまでは足をのばしても、銀座となるととても飲みには行けません……と言うかというと、それが案外そうでない。

浅草で知り合ったこわもての友人を連れて、下駄履きで銀座のクラブへ飲みに行ってしまったことがある。むろん飲んだはずみの酔った勢い。

「わ、先生下駄」

迎えに出た先頭のホステスさんがひとことそう言っただけで、そのあと帰るまで下駄の話題はいっさい出なかった。……黙認というのも不自然なものだ。

そういう私が履くのは駒下駄にきまっている。蛇足《だそく》を承知で念のため言えば、駒下駄は台も歯もひとかたまりの木からできていて、つまり材木をくり抜いてこしらえた下駄のことだ。

と、ここで成り行きとしては下駄の種類の能書に移るところかも知れないがそうは行かない。

下駄などは、そう、まさに川に浮かんだ古下駄のように、時の流れに乗せられて、ぷかぷかと過去へ向かってとっくに遠のきはじめており、町の老舗《しにせ》の下駄屋さんが言うことと、学者が作った辞書事典の説明とが、えらく食い違ったりしはじめているのだ。

たとえば日和《ひより》下駄。これが足駄《あしだ》の一種であることは間違いはないが、ある事典では日和下駄を東《あずま》下駄とも呼ぶとしている。

ところがそういう説明を読んだとたん、私の頭の中では踏切りの警報機のような音が、やかましく鳴りはじめるのだ。

私が知っている東下駄は、台が畳敷きのようになっていて、芸者さんたちがよく履いた、高価で粋《いき》な下駄である。

もっとも東下駄というくらいだから、それは上方《かみがた》の呼び方で、日和下駄の総称なのかも知れない。

となると、事典でそういう説明をなさった学者さんは、ひょっとすると関西のお生まれの方なのだろうか。

混乱しないように蛇足を重ねれば、足駄というのは、台と歯が別々で、台に刻んだ二本の溝《みぞ》へ、二枚の板をはめこんで歯としている下駄のことだ。したがって、駒下駄よりは歯がずっと薄い。

台と歯が別々の材料で作られるから、煉瓦《れんが》のような木のブロックをくり抜いた駒下駄よりは、ずっと歯の高い下駄を作ることができる。

歯が高ければ、水溜りへ踏み入れても足を濡らさずにすむわけで、だから足駄は雨天用の履物だ。高《たか》下駄という呼称と混用してもかまわないはずだと思う。

日和下駄はこの足駄の高い歯を三分の一ほど短くして、駒下駄なみの高さにした下駄であるというのが私の知識なのだが、地方によっては駒下駄を日和下駄と呼ぶところもあったように記憶している。

「また浴衣《ゆかた》履きの季節になりましたねえ」

そんな挨拶を聞いたこともある。私が育ったあたりでは、日和下駄を浴衣履きとも呼んだのだ。台が赤または黒に塗ってあって、浴衣を着た女性の履物はたいてい日和下駄。それでないとサマにならないというのが、私たちの通念だった。

「いい子だから下駄の歯、削っといてよ」

と母に言われると、肥後守《ひごのかみ》を玄関へ持って行って、ていねいに足駄や日和下駄の歯を削った憶えがある。歯が減りはじめると、歯の端のささくれが前方へとびだしてみっともないからだ。

そう言えば、足駄にかける爪皮《つまかわ》などというのもすっかり見かけなくなった。雨があがった翌日、四つ目垣《がき》のてっぺんに爪皮を掛けて乾《ほ》してある……そんな風景はなかなかおつなものだったが、今では下駄が実用から遠のいて、民芸品の趣きさえ呈しはじめている。

ところがさすがは浅草で、私の仕事場から五分足らずのところに〈よし岡〉という小料理屋があって、そこのおかみさんが年がら年中、日和下駄を履いている。

場所は馬道《うまみち》から富士通りのほうへちょっと入ったところ。その付近には料亭が多く、そのせいか〈よし岡〉は、私が浅草で飲み歩く中では、幾分高めの店だ。

入口が通りから少し引っこんでいて、柘植《つげ》や八つ手の植込みになっている。桟《さん》の細かい格子戸《こうしど》に厚いガラスをはめこんだ戸を引くと、いつでも軽く心地よくあいて、戸の上についた小さな鈴がチリリン……と忍びやかに鳴る。

床は屋根瓦のような風合《ふうあ》いの、やや灰色がかった黒で、露地タイルとかいう三寸角ほどのタイルが敷いてある。

左の壁に沿って、傘立て、帽子掛け、飾り棚……。どれも江戸指物展《さしものてん》で見かけるような味わいだが、凝って飾ったという気配は微塵《みじん》もなくて、要るから置いてあるというさりげなさがいい。

店はその木造家屋の右側に寄っている。というのも、戸をあけて中へ入ったら、三尺の廊下がまっすぐ奥へのびている感じで、突き当たりはトイレになっている。そしてその右側に鉤《かぎ》の手のカウンターやらテーブルやらがあり、入口と壁で仕切られた通り側に、四畳半の座敷が二つ並んでいる。

チリリン、と戸の鈴が鳴ると、カタカタカタ……と乾いた音が動いてくる。

おかみさんが履いている下駄の音だ。

このおかみ、「いらっしゃいませ」という挨拶は滅多にしない。どうも、常連に向かって紋切りがたの挨拶をするのを、いさぎよしとしていない風《ふう》が見える。

「あら、今日は随分早かったのね」

とか、

「だめじゃない、こんな遅くまでよそで飲んでちゃ」

とか、ご到着の時間のことをよく、のっけの挨拶がわりにしているようだが、だいたいは、

「お帰り」

とか、

「おかえんなさあい」

などと陽気にやっている。

「あら、よその子連れてきたの」

と、お母さんぶった言いかたもよくする。常連が初顔《はつがお》の客を伴ってきたときだ。たとえその初顔の客が五十過ぎ、六十過ぎでも臆《おく》せずにやる。

「よその子だって言いやがる」

歳が行っていればいるほど、初顔はそのひとことでおかみと打ちとけてしまうようだ。

老爺《ろうや》めいても男はおしなべて、いたずら盛りの扱いをされるとうれしくなるようだ。もっとも、それを言う相手が、海千山千のひねこびた婆《ばあ》さんだったり、威圧感のある女丈夫だったりしたら話は別なのだろうが、〈よし岡〉のおかみに限ってそんな心配はない。

髪をきりっとひっつめて細面《ほそおもて》。和服以外の姿を人に見せたことがなく、身長一四七センチ、体重三十数キロとか。風の強い日に傘をさして歩くと、傘がおちょこになる前に、傘ごと風下へ持って行かれてしまうというチビなのだ。

声は大きい。大きいというより、ハキハキして歯切れのいい喋り方をするが、満五十歳にしては年甲斐《としがい》もないほど可愛《かわい》らしい声だ。長唄《ながうた》か清元か……とにかく唄の年季が入っていて、いつでもしっかり肚《はら》の力が入った声の出しかたをするが、それが凄味などにはつながらなくて、こちらが何か言えば、ほとんど間髪を入れない受けこたえをするのが、どうかすると短気でそそっかしい感じになる。

若い客が少し酔って、

「おかみさん。俺、きのうさあ」

などとそこで言葉を切ったりすると、

「きのうのいつごろ……」

と突っ込んでくる。本人は真面目に相手の話を聞いてやるつもりらしいが、その受けこたえに間《ま》がないから、はたで聞いていると漫才がはじまったようだ。

そこで、

「なん時ごろだったかなあ」

などと考えると話が一遍《いっぺん》にそれてしまう。

「はっきり思い出しなさい」

おかみは幼稚園の保母さんのような態度で遊びはじめる。

「場所はどこだったの……」

「会社」

「お昼休みの前……それともあと……」

そんな具合だ。ちょっとした会話ですむものをさんざ遠回りさせて、聞いているほかの客まで楽しませてやろうという構えなのだ。

大柄の女ではそうは行かないかもしれないが、〈よし岡〉のおかみの場合には、思いっきりチビだから、仔猫がじゃれつくような愛敬《あいきよう》になる。

とにかく言葉に迷いがなく、声にためらいがない。それでいて愛敬があって憎めないから、客はみなおかみのファンばかり。

おかみが陽気で屈託がなく、わりと静かな通りにある、ちょっと引っこんだ小粋な感じの店、とくれば、これはもう十割がた私好みで、人に連れられてちょこっとのぞいて以来、一人でマメに顔を出し、とっくに常連の仲間入りをさせてもらっている。

二度目に行ったとき、その小さなおかみに履物のことを訊いてみた。

「あんたが履いてるの、日和下駄みたいだけど、それにしちゃちょっと高いみたいだな」

「背が低いせいかな、って言いたいんでしょう。でもそうじゃないの。特別に歯を少し高くしてもらってるの」

「やっぱりそうか」

「あたしチビだから、高いほうが便利なの。お判り……」

チビだから、という理由はそう言われてはじめて気がついた。

ケンさんという中肉中背の料理人が一人と、サユリちゃんというおよそ小百合らしからぬ小肥《こぶと》りのおばさんがカウンターの中にいて、外まわりはそのおかみが、バイトちゃんという若い女の子を使ってやっている。

バイトちゃんはまったくのお運びで、服装《なり》は自前。おかみもやかましいことは言わないらしいから、時にはジーンズにTシャツなどといういでたちのときもあるが、近ごろではどうやらエプロンに凝りはじめたようで、自発的にいろんなエプロンをとっかえ引っかえしている。

古くからいたお運びさんが急にやめたあと、急場しのぎにアルバイトの子を入れたら、それがなんとなく居ついてしまったのだという。

本当の名前は絵里香《エリカ》。

「エリカちゃんじゃうちに合わないでしょ。だからバイトちゃんで通してもらってるの」

「エリカもバイトもそう変わりないみたいだがね」

「バイトちゃんだと素性がはっきりするのよ。短大の子だってすぐ判るでしょ」

おかみにそう断言されると、こういう店でアルバイトをするのは短大の学生にきまっているような気になってしまう。

おかみの一四七センチに対して、そのバイトちゃんは身長一六二、バスト八五という今風の体格だ。すらりと伸びてビュンと突きだしている。Tシャツを着たがるわけだ。

日和下駄を脱ぐと、おかみの額はバイトちゃんの出っぱったあたりになる。テーブルの跡片付などは、バイトちゃんが長手盆を持って突っ立ち、おかみがその上へテキパキと器を並べてカウンターへ運ばせる。

それを中年の小百合ちゃんが洗ってしまうのだから、店の造りは小粋でも、なんとなくおかしみがあって陽気なのだ。


晩の八時ごろ、チリリン、と鈴を鳴らして〈よし岡〉の戸をあけると、カタカタカタ……といつもの日和下駄の音がして、小さなおかみの細長い顔が迎えてくれる。

「宮下ごあんなぁい」

おかみは今夜も屈託がない。

「静かだね」

「閑《ひま》でぇす」

と笑っている。カウンターぞいの壁に神棚が飾ってあって、その真下の二人がけの小さなテーブルが、私の席といつの間にかきまってしまっている。

「お酒はいつものぬる燗で……」

「そう」

「肴はタコで……」

「そう」

「お勘定は現金」

「そう」

「口説きっこなしで」

「そう」

「お酌《しゃく》はあたし」


ふざけているうちにいつもの椅子に腰をおろし、おしぼりが出て箸が枕をして突きだしの手前で横になる。

「やだ、なんでそこで黙っちゃうの」

「今度からツケにしようかな」

「まあ、そんなに気をお使いにならないで。いつだって現金でよろしいんですのよ」

「ぬただね」

私が突きだしを見て言う。

「味噌おでんみたいなものよ。こんにゃくですもん」

「糖尿がはやってるからな」

「はい、ぬる燗。ぬる燗ていいわね、出るのが早いから」

ついでもらってチビチビやっていても、客の気配はいっこうにない。

「ほんとに今夜は閑そうだな」

「マスターはそんなこと心配しないでいいの。それより聞いたわよ」

「どこで……」

私はおかみのいつものやり方でふざける。

「世間の口に戸は立てられないって」

「なんのことだい」

「小説家なんですってね。どう、当たったでしょう」

「うん」

「嫌《や》な人、ずっとあたしに隠してるんだから」

「別に隠しやしないさ。平尾が言わなかったかい」

「あの人、あれっきりだもん」

「自分から言うほどのことじゃないよ。じゃあ俺の商売、なんだと思ってた……」

「印刷屋さんかハンコ屋さん」

「まあ、似たようなもんだな」

「知ってる人で、そっくりな感じの人がいるのよ。その人、印刷会社で製版やってるの。でも、小説家って、みんな銀座で飲むんじゃないの……」

「まあね。でも俺は銀座中退だ」

「全然行かないの……」

「近ごろじゃ、ごくたまにだな」

「たまには行ってやって頂戴よ」

「どうして……」

「娘が銀座にいるの」

「どこに」

「八丁目」

「店の名は……」

「ドーム」

「それならいくらか知ってるな」

「ドームって、フランスだかどこだかのガラス製品の名前なんですって……」

「ドームのランプなんかがやたら飾ってあったな」

「そこで働いてるの。いい子よ、明るくて」

「おかみがそう言うんなら、めちゃめちゃ明るいんだろうな」

「名前は喜和子……でもお店じゃ違う名前かもしれないわね」

「見れば判るだろう」

母子《おやこ》なら似ているはずだ、と思ったのだ。小柄で面長《おもなが》で……。おかみはそのとき擽《くすぐ》ったそうな顔で微笑していた。

その数日後、友人が社長をしている会社の創立記念日のパーティに招かれ、帝国ホテルへ行ったあと、映画監督や作曲家などと飲み歩くことになった。

そうした古い飲み友達も、三軒四軒とまわるうちにはずみがついて、それぞれが顔を出すべき店を思い出し、四軒目で流れ解散のかたちになった。

私も若い建築家と二人で帰りそびれ、

「もう一軒行こうか」

と、並木通りを歩きはじめた。飲みはじめたのが早く、まだ十時になったばかりだった。

「どこへ……」

と連れに訊かれたとき、すぐ頭に泛《うか》んだのは〈ドーム〉だった。あのチビのおかみさんの娘を見たいと思ったのだ。

で、八丁目のビルのエレベーターに乗って七階へあがり、久しぶりに〈ドーム〉のドアをあけた。

まだ私を忘れずにいたマネージャーに迎えられ、私たちは紫がかったガラスのシェードがついたランプのあるテーブルへついた。

ホステスたちがそばに坐る。ママは健在だが、店の中を見まわしても、顔を知っているのは古株の二、三人で、あとは知らない若手ばかりだ。

しかし〈ドーム〉は相変わらず美人を揃えている。それもみなすらりとした上背のある女性たちで、ソファーに坐っていると、近づいてくるホステスの顔を見る角度が、以前よりずっと急になっている。ばかみたいに思いっきり顎《あご》をあげて仰ぎ見なければならないのだ。

ブランデーの水割りを飲んでタバコに火をつけてもらっていると、入口で立ち話のように軽く挨拶したママがやってきて、私の斜め横のスツールに腰をおろした。

細身《ほそみ》で鋭角的な顔をした美人だ。

「北海道へ行っちゃったんですって——」

馴染の店でも、もう銀座における私の情報はその程度のものだ。

「いや、もう帰ってきた」

「じゃあいまは東京……」

「うん」

「どうでした、向こうは」

「寒かったよ。そんなことより、ここに喜和子って子がいるはずなんだけどな」

建築家の横にいるホステスが首を傾《かし》げた。

「喜和ちゃんなんていないわよねえ」

だがママは私を意味ありげにみつめる。

「うちのナンバー・ワンをどうしようって言うの……元気ねえ」

五十なかばの私は苦笑する。

「いるんだな」

ママは通りがかった黒服の男を呼びとめた。

「遠《えん》ちゃん。キャシーちゃんを呼んで」

黒服は軽く頷いて去った。

「ああ、キャシーのことなの」

私の前のホステスは、ソファーの背にもたれかかって、建築家の背中ごしに誰かを見ていた。

臙脂《えんじ》のドレスを着た大柄なホステスが左のほうからやってきて、私たちの席を通り

すぎる……とばかり思っていたら、そこで足をとめ、

「いらっしゃいませ」

と頭をさげ、顔にかかった髪を、さっと頭を振ってうしろへはねあげた。長くて柔かそうな髪がふわりと揺れる。

ママがそのホステスに私を紹介している。

「まさか……なあママ。違う人だろ」

「はじめまして。キャシーです」

「俺が探してるのは違う子だ」

「このキャシーちゃんが吉岡喜和子っていうのよ」

ママがそう言った。

「吉岡……まさか。君があの〈よし岡〉の娘さんかい」

「ご存知ですの……。ええ、あたしの実家は浅草です」

「でも、あのおかみさんは」

キャシーは笑った。パッと明るい派手な笑顔だった。

「チビでしょ、とっても」

「全然似てない」

「でも母子《おやこ》。あの人は吉岡佐知子で、あたしが吉岡喜和子」

「意外だなあ。こんなことってあるのかよ。君、身長は……」

かわってそばにいるホステスが答える。

「一メートル六八。でも十二センチのヒール履いてるから、一メートル八〇ね」

キャシーはそのあいだに私の右どなりへ来て坐る。横に揃えて倒した膝頭《ひざがしら》が、私のよりずっとテーブルのほうへ突きだしていた。

「おかみさんが娘のいる店へ寄ってくれって言うもんだから、久しぶりにやって来たんだ」

「よくいらっしゃるようですわね。ママがうれしそう」

キャシーはそう言ってから首をすくめ、

「今のは業務用」

と、ひどく打ちとけた感じで低く言った。そういう素早い客のとりこみかたが、どことなく〈よし岡〉のおかみに似ているようだった。

私も酒が入っているし、キャシーも〈よし岡〉の常連と知って気を許したのか、ひどくざっくばらんな態度になって、私の仕事場や周辺の飲食店のことなど、内輪ばなしめいた会話が続いた。

若い建築家がちらり、ちらりとそういうキャシーを残念そうな目で見ている。大柄で派手で、ラテン系だと言っても通用しそうな美人なのだ。

「それで、君はどこに住んでるの――」

「あたしはいま広尾」

「浅草へはよく行く……」

「ときどきね。あの人、淋しくなるとあたしに、神棚のお掃除しにおいで、って電話してくるのよ」

「カウンターの横の壁にある、あの神棚のことか」

「そう。あの下のちっちゃいテーブルに乗っかると、あたしなら楽にお掃除できちゃうから」

「俺はいつもそのテーブルで飲んでる」

「あら、宮下のお客さん……」

「そういうわけだな」

「あの席、縁起がいいんですって」

「そうかい」

「あそこを定席にしているお客さんは、病気で入院してもすぐ治っちゃうんですって」

「それのどこが縁起がいいんだ。よく病気するってことじゃないか」

「あ、そう言えばそうね。でもあの人、目があるのよ。病気になりそうなお客さんをあそこへ坐らせちゃうんじゃないかしら。早く治してあげようと思って」

「やっぱり母子《おやこ》だな。似てるよ、言うことが」

とびきり派手な大美人なのに、それを鼻にかける様子はさらさらなく、率直でものおじしない、ごくさっぱりした女性だった。

私は十一時近くに〈ドーム〉を出て浅草へ戻った。〈よし岡〉は十一時きっかりに閉めてしまう店なので、おかみには娘に会ってきたことを報告できぬまま仕事場へ入り、ちょっと酔ざましのうたた寝をしてから原稿を書いた。

「似てねえわけさ」

今は株式会社ナニナニという大きな看板をとりつけたビルの持主で、ことし七十六になる花川戸の禄《ろく》さんが、数日後〈つる伊〉で顔を合わせたとき、私に肩を寄せて小声で教えてくれた。

「あんな母子は新派の芝居にもありゃしねえ」

禄さん……と何十年も前からの呼び方をされないと機嫌の悪いその履物会社の会長が、ばかに肩入れをした言い方になっている。

「小説にするんなら綺麗にやってもれえてえね。……つまりこうだ、あの母子《おやこ》は本当の母子じゃねえ」

カウンターの中で、新ちゃんがでかい目でこっちを見ている。履物屋の禄さんは、私に小説のネタを渡すつもりで力のこもった話しかたになっていた。

「もう三十年も前になると思うが、〈よし岡〉のおかみは芸者だった。小っちゃくて可愛らしくて、向う気の強い面白い芸者だったそうだ。シマはここじゃない。赤坂だよ。で、人の囲い者《もん》さ。そこらへんはお定《き》まりだあね。相手は政治家さ。今じゃ大物になりやがったがよ、そのころはまだ若手のひよっこさ。で、あのおかみのほかにもう一人できた。俺がはじめに知ったのはそいつのほうだ。名前が高須英子って奴でな。どことなくかったるいみたいな面《つら》をした横着な女だったよ。で、その高須英子が子を孕《はら》むと、親が千住《せんじゅ》のほうから出て来やがって、あそこに強引に家《うち》を建てさせたんだ」

「今の〈よし岡〉のとこかい」

「そう。何も選《よ》りに選って……そのころあそこは花柳界のどまん中さ。あんなところにしもた屋を、と思ったけど、それには親の思惑があって、いずれは何か商売をしようと狙ってたんだな。ところが両方ともにドジな話で、家がまだできあがらねえうちに、英子に別な男が先《せん》からついてたことが判っちゃった。さあ、すったもんださ。旦那はそっぽを向きの、英子は子供を生みたがらねえ、親は当てが外れるって奴でよ。どうも英子はもともと子を堕すつもりでいたのに、親の思惑に引きずられて、堕すにゃ遅いとこまで来ちゃったらしい」

「親も別な男のことは知らなかった……」

「そう。もしタネが違うんなら、生んでちょっとすればすぐ判っちゃう。折角のあの二階屋は宙に浮くし、邪魔な子が一人この世に出てきちゃうことになる。膠塗《にかわぬ》りたての板が三、四枚ひっついちまったような具合で、どうしようもなくなったとき、あのちっちゃいおかみが助け舟を出したんだ。……な、小説にするんなら、ここらへんをよく書けよ。あのおかみが、その子を自分の子にして育てるから安心して生めって、英子にそう言ったのさ。ちっちゃくて、ほれ、骨盤も小さいしよ。自分じゃ子供を作れねえときめていた節《ふし》もあらあな。で、英子はもうのっぴきならねえところへ追い込まれてるから、生むとすぐおかみにその子を渡して、さっさと消えちまいやがった。男は自分より年下で、子連れで暮らしてく自信もめどもなかったんだろうな」

「それがいま銀座にいるあの子か」

「そう。子供のころから町内一番ののっぽでさ、派手な顔だちは英子に似てるけど、旦那になんか毛ほども似たとこがねえんでやがんの」

「でも、母子手帳とか、そういう厄介《やっかい》なこともあっただろうに」

「そこは政治家だよ。俺の弟が当時あの旦那の秘書をやってたから、そのへんのことはみんな弟におっかぶされちゃってな。なんとかうまくごまかして、実の母子《おやこ》ということになったんだよ」

「でも父親はない……」

「そう。でも今は誰もそんなことなんざ気に留めねえ結構な世の中だ。それよりさ、それ以来旦那が行《おこ》ないを改めちゃって、政治家として精進しはじめやがった。あのまま浮かれてたら何度も落選を繰り返して消えちまったかもしれねえのに、連続当選で今じゃ大物の仲間入りさ。宙に浮いたあの家《うち》を手切金がわりにして、あのちっちゃいおかみとも綺麗に別れた。そらそうさ、妙な子供がいる家へ、旦那面《づら》して通うのも白《しら》ける話さね。ところが育つにつれ、なさぬ仲のあの母子《おやこ》の仲がいいのなんのって。じゃれ合ってる猫みてえなもんだけど、どっちが親だか仔だか判らねえ」

「なぜ別々に暮らしてるんだろう」

「昔ばなしはできても、今日只今の話はできねえな。そこらへんは上手にお書き」

禄さんはそこでニタッと笑ってみせた。ひょっとすると、親猫にも仔猫にも恋人ができたということだろうか……。

チリチリン……カタ、カタ、カタ。

「宮下ごあんなぁい、っと。……そうそう、あの子のお店へ寄ってくれたんですってね。今後ともどうぞごひいきに」

そしてまた三社祭。私は絶え間なくお囃子《はやし》の聞こえる柳通りで、小さなおかみと大きなキャシーが、仲よく連れだって歩いているのをみかけた。

二人は手をつないで、まるでおとなが子供を連れて歩いているような眺めだった。風で大きくフレアーがひろがるキャシーのスカートと、それに巻きこまれそうにして歩いている小さなお母さん。

母親は日和下駄でチョコチョコと歩き、高いハイヒールを履いた娘が、それをかばうようにゆっくり歩いている。

そしてお囃子の鉦《かね》、笛、太鼓。私のすぐ身近にそんな人生がある。辛くて重いはずのものを陽気にはしゃいではねのけて、そのはねのけようの鮮かさでみんなに愛されている。

ほら、うちの町内のみごとなお囃子は、厳しい稽古の重さなど、露ほども響かせてはいないじゃないか。

みんな、生きいいように生きればそれでいいのさ。日和下駄を鳴らして。

第十二話　祭りのあと

三社祭のあいだは、どの店もめいっぱいたてこんでいて、きのうきょう浅草に住みついた私などは、生《き》っ粋《すい》の浅草っ子たちの隙《す》き間に割りこんで、小さくなっているより仕方なかった。

〈石松〉のおやじなどはひどい嗄《しゃが》れ声で、

「いらっしゃい」

と、古顔たちの隙き間へ割りこむ私に挨拶してくれた。宮入りをする神輿《みこし》をかついで、そんな声になるまで威勢よくやりすぎたのだ。

「いい歳をして、いいかげんにしろよ」

と常連の誰かれに苦笑されても、

「近ごろの若い奴らは、神輿のかつぎかたもろくに知りやがらねえ」

などと、祭りの昂《たかぶ》りをたっぷり残した顔で突っぱらがっていた。

柳通りの柳の枝も、気がつけばもう今年の葉が一丁前《いっちょまえ》になりかかっていて、三社の神輿が通るのを見たあとは、急におとなびた風情で揺れている。

その柳通りを、組踊《くみおど》りの衣裳をつけた芸者衆の一群が、常よりはぐんと早い足どりで横切って行く。

俥屋《くるまや》が珍しく和服姿の男客を乗せて、早めに〈石松〉を出た私を追い抜いて行った。

いつもより通行人の多いその柳通りの〈鳥幸〉の角で、私を待つようにこっちを向いてたたずんでいる男女がいる。

「ほら、やっぱり半さんだよ」

近づくと男が女にそう言ってから、

「やあ、どうも」

と陽気な声で挨拶した。〈粋壺園《すいこえん》〉の若旦那だ。

「よう、仲がいいって評判だよ」

「評判だなんて、そんな」

若旦那は照れてみせるが、

「でもうまく行ってます。おかげさまで」

と、頭をさげる。そばにいるのは衿子《えりこ》さんで、この秋単衣《ひとえ》が袷《あわせ》にかわるころ、〈粋壺園〉のお嫁さんになることがきまっている。

「やっぱり降りましたね。どうして三社さまってえと、一日《いちんち》は降らなきゃすまないんですかねえ」

「降りやすい季節なんだよ。それより立ちばなしもなんじゃないか」

私は頭の上の〈鳥幸〉の看板をみあげて言った。心の中ではいい相手がみつかった
とよろこんでいる。

「ええ、あたしらもこれから行くところなんです。どうです、よかったらご一緒に
……冗談ぬきで」

「どこへ……」

「やだなあ、〈傘屋〉にきまってるでしょ」

「もう、ふぐでもないだろう」

そう答えながら、私のほうから先に〈傘屋〉へ向かって歩きはじめた。

「おかしなもんですね」

「何が……」

「三社さまがおわると、みんなひと仕事すませたようにさっぱりした顔になっちゃっ
てる」

「そうだね。〈石松〉のおやじなんか、声をガラガラにしてた」

「見ましたよ、あの人がお神輿をかついでるとこを。若い者《もん》の芯《しん》になって、こわい顔

して大声はりあげてた。いい体してますね。それに、こわい顔だけど愛敬があって」

「どんな顔だ、こわいけど愛敬のある顔って」

私は〈石松〉のおやじを思い出して笑った。

「あの顔はそばにおかみさんがいると、よけいに引きたつんですよね」

「どうして」

「あのおかみさんは、めちゃめちゃ優しい顔してるもん」

「そうだな。おかみさんにはずいぶんわがまま言ってるみたいだ」

お好み焼の看板の先に〈傘屋〉が見えてきた。

「お互い惚れ合って、ひと波乱あったってとこだろうが、いい夫婦だよ。ああいう夫婦におなり」

私は冗談で、わざと納まった言い方をしたが、若旦那は首をすくめるような恰好で、

「はい、ありがとうございます」

と神妙だ。衿子さんのほうは私を見ていたずらっぽく笑っている。衿子さんのほうが、よほど物が判っているところがある。

入口の引き戸の右に、照明の入った奥行きの浅い飾窓がついていて、そこに黒と赤の蛇《じゃ》の目傘《めがさ》が斜めに二本。傘の下に古びた一升徳利がひとつ。

〈傘屋〉が〈傘屋〉であるしは、その飾窓だけで、ほかには看板も何もない。

店の中は竹と網代《あじろ》を多用した、ばかに粋《いき》な造りになっている。出しますものは普通の小料理屋風プラス鍋料理。ふぐが好きで寒いうちよく通うが、陽気がよくなるとつい足が遠のく。

それは私に限らず他の客も同じことらしくて、だから若旦那と衿子さんは、どの店もこみあう祭りのあとの宵、この〈傘屋〉へ足を向けていたらしい。

若旦那の読みは正解で、テーブルが二つあいている。

「いらっしゃいませ」

「ちょっとごぶさた。この席、いい……」

「はいどうぞ」

私たち三人がカウンターを横に見るテーブルについたとき、また戸があいて男が一人入って来た。

顔見知りの客だ。名前は黒川で美容院の経営者。

「いらっしゃい」

「すいてるな。よそはどこもいそがしいのに」

「うちはふぐだけが頼りだもんで」

おかみさんは笑っているが、〈粋壺園〉の若旦那は妙な目つきで私をみつめた。

「有名なおたんこなすだよ。本人、悪気はないんだけどね」

鉤《かぎ》の手になったカウンターの向こう端《はじ》へ坐った客の様子をうかがいながら、若旦那はゆっくり頷いた。

「三社さまがおわると、またすぐに植木市ですね」

衿子さんはそんな話題を私たちから遠ざける気らしく、楽しそうに言った。

「お酒ですか……」

おかみさんがそばへ来て尋ねる。

「うん、俺はいつもの」

若旦那は清酒を頼み、衿子さんはビールを注文した。この店は特に断わらない限り、黙っていると二合の燗徳利《かんどつくり》が来る。

それぞれ軽い肴も注文して喋っていると、私に電話がかかった。

「よく判ったな、ここにいるのが」

首を傾《かし》げてカウンターの隅《すみ》で受話器をとると、

「先生、ダメじゃない。入れ違いだよ」

とピータンの声だ。私の飲み友達で、〈石松〉にいるらしい。

「こっちへおいでよ」

「みんなと一緒なんだもん」

「わがまま言うんじゃないの。いま高清水を注文したところだ。それに〈粋壺園〉の若旦那たちもいるし」

「つまんねえの。じゃ、そこの次はどこ行くか教えといて」

「多分〈つる伊〉かな」

「祭りのあとだから〈つる伊〉はきっと満員だよ」

「じゃあ〈太郎〉か〈よし岡〉だ」

「判った。そいじゃあとで」

で、電話が切れる。ピータンはだいぶご機嫌のようだ。

席へ戻ると若旦那が待っていたように、来たばかりの燗徳利を持ちあげて、私に酌《しやく》をしてくれる。

「電話はどなた……」

「ピータンだった。〈石松〉へ着いたところらしい。戻ってこいって言いやがんの」

私はグイ呑みを口につけた。

「あれは気のきくいい子ですよ」

若旦那は衿子さんに注《つ》いでもらい、ビール瓶を取って衿子さんに注ぎかえす。

「戻ってこいなんて、甘えたわがまま言ってるように見えて、その実、半さんが一人ぼっちにならないよう気を配ってるんだと思うな」

言われてみれば、ピータンのそんな心づかいが感じられる。

「気くばりなんてのは、相手に覚《さと》らしちゃおしまいですよ。ピータンなんかには、そういうセンスが生まれつき身にそなわってる。だから半さんも気に入ってるんだろうし、あたしたちにも人気がある」

「そうなんだな、きっと」

「ところがね、ときどき気くばりのしっ放《ぱな》しをやると、損したみたいに思う奴がいるんで困るんですよ」

「気くばりのしっ放しか」

私は軽く笑った。

「そう。えてしてそういうのは女に多いんだけど、本当は気くばりなんて、しっ放しが最高なんですよ」

「面白そうだな。たとえばどんな風に……」

「そう言われても困っちゃうけどさ。お茶の心なんてみんなそういうもんだよな」

若旦那は許婚《いいなずけ》の顔を見た。衿子さんはあいまいに微笑して答えない。理屈っぽいことを言うのが嫌いなタチなのだろう。その点、下町の標準タイプだ。

それでその話はうやむや。そういう話を順序だてて言うと理屈になり、下町気質《かたぎ》の分析や評論になってしまう。若旦那もそういうのは好きなほうじゃない。

「衿子さんはこのごろよく〈粋壺園〉へ出入りしてるそうだね」

「はい、おかげさまで」

若旦那はうれしそうだ。

「あの頑固おやじが、すっかり気に入ってくれましてね。夕方まで顔を見せないと、今日は衿子さんは来ないのかい、なんて俺に訊きやがんの」

銘茶と茶道具を扱う老舗で、若旦那はその〈粋壺園〉の一人っ子。両親は衿子さんのようないい女《ひと》を嫁に入れたくてウズウズしていたのだが、若旦那が見当外れの相手ばかりに惚れて、なかなか家の中がまとまらなかった。衿子さんが現われなければ、〈粋壺園〉の当主はいまだに頑固おやじのままだっただろう。

「お母さんともうまく行きそうかね……」

私は衿子さんに尋ねた。

「ええ。今度温泉へ連れて行ってくださるそうです」

「お母さんが……」

「お父さんも一緒に」

衿子さんは若旦那を見て笑いながら答えた。

「それなんですよ。二泊三日だって」

「どこへ……」

「草津温泉。俺、そのあいだ留守番でやがんの。両親とうまく行きすぎる嫁ってのも考えもんだな、冗談ぬきに」

若旦那はそう言ってやけ酒風に呷《あお》ってみせたが、満足し切っている様子が、その目に正直にあらわれていた。

〈粋壺園〉の稲田さんと、私は一度だけ会っている。息子にないしょで私の仕事場へ訪ねて来た。衿子さんとのことをもっと積極的に進めるようけしかけてくれと、私に頼みに来たのだった。

それが正月そうそうのことで、今は五月のなかば。婚礼の日どりもきまっているから、私が中間で働いたケースとしては、珍しくとんとん拍子に事が運んでいる。

〈傘屋〉を出てもう一軒行こう、と言いだす若旦那に、

「今日は早めに帰すよう言われていますから」

と、衿子さんがかわって私に断わった。

「なに言ってやんでえ。祭りを無事におえさせて、今日は御神所《みきしょ》の骨休め……」

「うちは根津じゃないの」

燗徳利三本の気勢をあげる若旦那を、衿子さんがからかうようにたしなめた。

「みんなあっちこっちにウヨウヨ出てるのになあ」

若旦那は浅草の飲友達のことを言っている。しかしもう、そのそばについているのは生涯の伴侶で、どっちが重いかとなれば当然伴侶だ。

「じゃあ〈よし岡〉の前まで半さんを送ってって、それからタクシーを拾おう」

「ついでに〈よし岡〉で一杯、なんてことにはなりませんからね」

衿子さんは笑いながら釘《くぎ》をさしている。婚礼はこの秋でも、もう雰囲気はすっかりおかみさんだ。早めに帰さないとお父さんに叱《しか》られる、などと、親の権威をちらつかせないところもいい。

「でもなんで〈傘屋〉の次は〈よし岡〉ときまっちゃったんだ」

歩きながら私はぼやいてみせた。

「だってさっき、ピータンから電話があったでしょ」

「道順から言えば〈つる伊〉が先だぜ」

「でもタクシーは〈よし岡〉のほうがとめやすい」

「なんだ、そっちの都合か」

「な……俺、ちゃんと帰る気になってるだろ」

若旦那に言われて衿子さんが笑う。

「そうね。いい子いい子」

「そういうのは二人きりのとこでやってくれないかな」

「大変失礼いたしました」

衿子さんは照れずにふざけ返す。そのへんは若旦那よりずっとおとなだ。

「お前、なんだよ、その言いかた」

「結婚前はお前って呼ばないきまりでしょ」

「いけねえまた言っちゃった。ごめん」

空車の赤い灯を見て、私は柳通りで咄嗟《とっさ》に手をあげた。

「ほら、これに乗って帰んな」

タクシーがとまり、若旦那と衿子さんが乗る。

「ご馳走さまでした」

今夜は私の奢りだった。

「お父さんによろしくね」

衿子さんが頷き、若旦那が素《す》っ頓狂《とんきょう》な声で言う。

「あれ、半さんなんでおやじを知ってんの……」

その声を残してタクシーは走り去る。若旦那が今度はどんな人に惚れたのか心配して、お父さんが衿子さんの身辺を調査させたのだ。衿子さんはとっくにお父さんからその調査のことを、打明けられたり詫《わ》びられたりしているはずで、若旦那だけがそれを知らないでいる。

いっとき若旦那は、親に反対されるものと思いこんで、衿子さんを両親に引き合わせずにいた。それを早く引き合わさせるようにと、お父さんが私に頼みに来たという経緯《いきさつ》だ。

タクシーを見送って気がつくと、見番《けんばん》の中がいつもよりにぎやかだ。祭りのあとでお座敷の数が多いらしい。

「あら先生《せんせ》」

富士通りのほうへ歩いて行くと、お座敷着姿のこう子ちゃんに出くわした。私が陰でこっそりつけた綽名がヒラメちゃん。じゃりン子チエのクラスメートに似ているからだ。

「あとで……ね」

地元の芸者さんとのそういう場面は、あっさりしていていい。クラブの洗面所などで、その店のホステスとすれ違うようなさりげなさがある。

あとで……というのは、遅くにどこかで出くわしたら、という程の意味で、ね、と強く言うのは、今夜のめぐり会いを期待していますわという程度の儀礼だ。

柘植《つげ》と八つ手と矢竹《やだけ》の植込みがあって、厚いガラスをはめこんだ、細かい桟《さん》の戸をあけると、小さな鈴がチリリン……と忍びやかに鳴る。

その音に応え、カタカタといつもの日和《ひより》下駄の音。

「宮下は禄《ろく》さんが占領してるの。合い席でいい……」

〈よし岡〉のおかみが私の顔を見るなりそう言った。

「禄さんがよければ」

「はあい、宮下ご案内」

チビのおかみは陽気な声で言いながら、カタカタと日和下駄を鳴らして奥へ行く。

その奥からは客たちの、気を揃えた笑い声。

「にぎやかだね」

「お祭りのあとはいつもこうよ。禄さん、合い席お願い」

「おう、おいでおいで」

壁を背に、大神宮さまの真下で、つるっ禿《ぱ》げの禄さんが私に笑顔を向ける。

みんなは禄さんと気易《きやす》く呼ぶが、七十をとうに越えた履物会社の会長さんだ。若いころから花川戸の禄さんで通り、今でも地元ではそう呼ばれないと承知しない古株だ。

その禄さんと向き合って坐ったとたん、右の肩をかなりの力で叩かれた。思わず振り返ると、坐った私の目の前にブルージンのファスナーのあたりが見えている。

あおむくとこの家《や》の一人娘の顔が、下を向いて笑っている。

「とりあえず、これ飲んでてね」

母親に負けない陽気さで、手にした盆の上から銚子を一本つまみあげ、私の前へ置いた。

「そうか、手伝いに来てるのか」

「三社さまのときはいつもなの。お祭りがおわるとこんな年寄りが飲んで歩くから、どこも混むのよ」

「喜和子、それはこの俺のことか」

禄さんがのっぽの一人娘を睨《にら》んだ。おかみは一四七センチで三十数キロのチビ。それに引きかえ一人娘は一六八センチもあるのっぽだ。銀座のばか高いクラブに勤めていて、日本人ばなれのした美貌の持主。母親は一年中和服で通す和風美女。似ていないと言ったら、これほど似ていない母子《おやこ》も珍しい。土地の古老はみんなその似ていないわけを知っているが、ピータンくらいの若手になると、そんな昔の秘話とも縁遠くなっているらしい。つまり今では時効というわけである。

「はいどうぞ」

猪口《ちょこ》と箸、それに突き出しの入った器を、チビのおかみがカタカタと日和下駄を鳴らして届けてくれる。

「おい、それ、こっちへ来る酒じゃなかったのか」

小間《こま》の客が喜和子に呼びかけている。

「そうよ」

喜和子が銚子を並べた盆を持ってそっちへ去る。

「とりあえず拝借しただけ」

「忘れんなよ」

「ケチくさいわね。浅草っ子でしょ」

おかみが私に注《つ》いでくれている。

「あそこにいるの、喜和子と同い年の連中なのよ。あの子がお祭りのあいだ手伝うのを知ってて、毎年集まっちゃうの」

「それでか。おたくにしちゃ若い客だと思った」

「俺はことし七十六になる」

禄さんが私とおかみを半々に睨《にら》んだ。

「まだボケるには早いわよ。六十六じゃないの」

「おだてようったってダメだ」

「まあ一献《いっこん》」

私は禄さんに一杯注いでから、

「やっぱりでかいね、喜和ちゃんは」

と、あらためて喜和子を眺めた。ジーパンの上にシルクのブラウスを着て、襟《えり》に喜和子と自分の名を染めた祭袢纏《まつりばんてん》を羽織っている。

「変な恰好してるでしょ。でもあの子、今じゃああいうブラウスしか持ってないみたい」

「銀座勤めじゃ、しまいにゃそうならあな」

禄さんがわけ知りめいた顔で言う。

「銀座じゃ、キャシーって呼ばれてんだって……」

「嫌《や》あねえ、歌の文句みたい」

チビのおかみはそう言って禄さんの肩を叩き、カウンターのほうへ移動する。

「正直言うとな」

禄さんは声をひそめて私に言った。

「地元じゃこうやってでかい面《つら》してるけど、本当は俺、昔っからよその土地へ行くと、カラ意気地《いくじ》がねえんだよ。浅草って土地が、土地っ子に甘すぎんのかねえ。ほら、地元だとわがまま言って通るだろ。その癖がついちゃってんのかな。よそじゃそのわがままを、どうやって通したらいいか、いまだによく判んねえのさ。だから知ってる連中は、俺のことを内弁慶だなんて言いやがる。でもよ、わがままって、本音でやったらあんなにきったねえもん、ねえだろ。ここんとこでわがまま言ったら面白《おもしれ》えかなって、それが判ってりゃやりいいんだけどな。だから銀座なんかが苦手なんだよ。一遍《いっぺん》あの子が働いてるとこへ、飲みに行ってみてえな、なんて思うんだけどよ」

「へえ、こりゃ意外だな。だって禄さんは会長なんだし、会社のつき合いってもんもあるでしょうに」

「会社ったって、そもそもは草履や下駄の商売だよ。それが売れなくなって、かわりに靴、サンダル、運動靴なんて商売になっちめえやがった。外のつき合いは苦手だし、そういうのは若い者《もん》にまかせといたら、奴らが早いとこ俺を会長だなんてことにしちまったのさ。まあそれはそれでいいんだけどさ」

「あ、そうか。俺が禄さんを連れて行こうかな」

「よっ」

禄さんはパチンと手を打った。

「案外勘は悪くねえほうだね、あんた」

「変な褒《ほ》めかただ」

「割り勘でどうだ。一度銀座へ連れていけよ」

「いいですよ、いつでも言ってください」

「小説書きって、みんな銀座で飲むんだってね」

「みんなそうだとは限らないけど」

「綺麗だろうなあ、あの子が着飾ると。死ぬまでに一遍どうしても見とかなきゃ」

私はその徹底的に似ていない母子《おやこ》を、昔から見守って来た暖い目がそこにあるのを感じた。

禄さんはそこでふっと醒《さ》めたような顔になり、店の中をぐるりと見まわした。

「でも喜和子じゃこの店はダメだな。似合わねえよ。やっぱりあのおチビじゃなきゃ」

そのおチビのおかみの名は吉岡佐知子。歳はもう五十だそうだが、禄さんから見れば二十幾つも下の若い女に思えるのかも知れない。人生なんて、行けば行ったで見る景色が違ってくるものなのだろう。

チリリン……と入口の鈴が鳴っている。その音が消えて行くのを追いかけるような、おかみの日和下駄の音。

「坐るとこがねえったって、そんなこたあこっちはかまわねえ」

太くてサビのきいた声がする。

「禄さんが宮下でがんばってるのは判ってんだ」

とたんに禄さんが舌打ちする。

「あいつまたわがままルしてやがる」

「しょうがないわねえ」

肥った爺さんの体にへばりつくような恰好で、おかみがそう言いながら現われた。

「お前《めえ》の坐る場所なんぞ、もうねえよ」

禄さんが言う。だが肥った爺さんは平気で私のそばへ来て、

「ここへ割り込ましてもらってもよござんすかね、客人《きゃくじん》」

と、四角いテーブルの一辺を指さした。

「ええ」

私はちょっと戸惑った。

「サユリちゃん。中の丸椅子を出しとくれ」

肥った爺さんはカウンターの中の女性にそう言い、黒ずんだ丸い木の椅子が出てくるとそれに腰をおろした。

「なんの因果か小百合だなんて、似合わねえ名前だったらありゃしねえ」

「この人は見番の裏で小説なんか書いてる先生だよ」

「よろしく」

そのやりとりの間に、おかみが手早くテーブルの上を整理して、なんとか一人前の隙き間を作っている。

「こいつは田辺っていう箪笥屋《たんすや》で、浅草小学校からの腐れ縁」

「指物師《さしものし》って言ってもれえてえな。……そう、まだ浅草にも小説家が残ってたのか」

「いいえ、去年越して来たんです」

「どこから……」

「苫小牧」

指物師の田辺さんが大声で笑う。

「そりゃ遠いや」

「生まれはこっちだそうだ。三中を出てなさる」

「錦糸《きんし》堀《ぼり》の……そりゃ大変だ」

何が大変なのかよく判らない。おかみは好みを心得切っているらしく、コップに銚子にいかの塩辛が入った器を手早く客の前に並べた。

「遠州屋さん。ここがあきますよ」

そばのテーブルからそんな声がかかる。肥った田辺さんの屋号は遠州屋らしい。

「いいよ。俺は禄さんとじゃなきゃ飲まねえんだから。仲を裂かねえでくれ」

「なに言ってやがんだ。じゃあ今まで俺と別っこになぜ飲んでた」

「お前《めえ》をあっちこっち探しまわってるうちに、つい酔っぱらっちゃったんだ」

「仲がいいんですね」

「そう、子供ん時からお神酒《みき》徳利《どつくり》。学校だって俺が総代でこいつがビリッかす。てっぺんと尻《し》っぽでくっついてやがんの」

遠州屋はまた高笑いする。

「また言ってやがる。こいつん家《ち》は指物をするくらいだから算術ができるんだよ。小説書くのって、算術はどうなの……」

「俺はからっきしですよ。国語はまあまあだったけど」

「ばかなこと訊くな。字が書けねえで小説が書けっかよ。ねえ客人」

私もその老人たちの気分に巻きこまれはじめていた。幾つになっても、幼馴染と遊べば子供の気分に戻ってしまうのだろう。

土地の人たちが祭りに熱中するわけが判ってきたような気がする。祭りの準備やあと始末にこと寄せて、そんな相手と力をあわせながら、昔ながらの関係を保っているのだ。

「おい佐知ちゃん」

盆を手にして通りがかったチビのおかみを、禄さんが呼びとめた。

「なあに」

おかみも禄さんや遠州屋相手だと、なんとなくあどけないような顔になるからおかしい。

「この客人に今度銀座へ連れてってもらうことにした。喜和子見物だ。一遍働いてるとこを見とかなきゃな」

「あら、それはどうもご迷惑をおかけしますわねえ」

おかみが私に頭をさげる。

「遠慮は要らねえよ。客人だって飲むんだからさ」

「ほんとにわがままばっかり言って、すみませんねえ」

すると遠州屋が肥った体を左右にゆすった。丸椅子がガタガタと音をたてる。

「嫌《や》だ嫌《や》だ、俺も連れてけぇ」

その恰好はまるで子供だ。

「客人、いいかね、こいつもお願いして」

遠州屋が来てから、私のことを彼と同じように客人と呼びはじめた禄さんが言う。

「銀座なんかでわがままはしねえからさ、連れてってよ、一緒に」

「ああいいですよ」

「しめた」

遠州屋は手を打ってよろこんでいる。酔って赤みがさしたその顔は、ちょっと福禄《ふくろく》寿《じゅ》に似ていた。

で、そのあと、だいぶはしゃいだ気分で〈つる伊〉へ寄った。

「ピータンから電話なかった……」

入るなりそう訊くと、新ちゃんがカウンターの中でいそがしそうに手を動かしなが
ら、

「ありましたよ。吉原へ行ってってからよろしくって、おだやかじゃないこと言ってた
けど」

と教えてくれた。

「ああそう」

「よかったら追っかけてくれって……先生、いい年してそんなとこへ追っかけて行く
気……」

「〈国木屋〉だよ。やきにく・くにきや」

「なんだそうか。びっくりしちゃった、石鹸屋《せっけんや》かと思って」

こう子ちゃんが料亭の玄関口のほうから現われて、

「バア……」

と私に笑いかけ、ポーズを作った。

「どう、芸者姿っていいでしょう」

「そう言ったたって、あんた芸者さんだもの」

「そうよ。チエの友達じゃないんだから」

ヒラメちゃんという綽名がもう耳に入っているらしい。

「一杯どう……」

「ダーメ。いま勤務中」

こう子ちゃんは二階を指さしてみせ、すぐ座敷へ戻って行った。

「こうやって、俺もだんだん地元の人間になって行くのかなあ」

酔った私は、そんなことをつぶやきながら、新ちゃんや若おかみを相手にまたふざけはじめた。

祭りのあとに、地元の芯《しん》になる人たちの祭りがあるようだ。その人たちがそれぞれに、地元ならではのわがままを通させて楽しんでいる。だがそのわがままには節度があり、節度があるから許されもする。

祭りのあとの充実感を、私もそんな風に楽しみたいと思ったが、それにはまず地元の者になることだ。来年もこの浅草で祭りのあとを楽しむことができるだろうか。

なんとかしないと生涯根なし草でおわってしまいそうだ。浅草よ、私をこのままつかまえておいてくれ。私はお前が好きなのだ。

解説　根なし草のやり方

いとうせいこう

浅草には私も二十年以上住んだ。

今はいわゆる谷根千《やねせん》方面に引っ込んだが、本籍地はいまだに花川戸にあるし、しょっちゅう浅草にいる。

この原稿を書き出すほんの数時間前も私はやはり浅草にいた。名物のような浅草っ子が亡くなって一周忌を迎えたので浅草ビューホテルで偲ぶ会があり、ずいぶんよくしてもらっていた自分が行かないはずもなかったのだ。

立食の会に列席しているのは何度かお話をうかがったことのある浅草寺のお坊さんから新門の頭《かしら》、歌舞伎役者、江戸文字の大家、日本舞踊の先生、九十歳を越えていつも魅力的なゆうこ姐さん（浅草を出たことがないのが自慢だ）、商店街の先輩方、あるいはそば屋の大将は着流しに渋い色の袢纏《はんてん》をはおり、細い帯を体の前でちょっきり結んでいる、昔六本木で知らぬ者がいなかった遊び人で今は葉山にいるアキちゃんの着物はまた江戸の職人風ではなく優美でぞろりとした着こなしが独特だ。と、語り出せば私もここから自分の浅草案内を書いてしまいそうなほど、そこには人間という名の物語がぐるぐると渦巻いている。むろん場所の独特さがそうさせるのだし、その地でたまたま現代に生まれ育った者の意気がりやら積もり積もったお洒落な気質がこちらの好奇心をそそり続けるのだ。

私も引っ越してきてすぐ半村良さんのこの『小説 浅草案内』を読んだ。谷崎が書く浅草、川端が書く浅草、安吾が書く浅草と、私はことあるごとに浅草物を吸収したかった頃のことだ。ごたぶんにもれず、私は浅草にぶん殴られ、甘い蜜のようなものを傷口に塗られ、奥の奥へ連れ込まれたり突っ放されたりしながら、他の物書きはどうだったのかを考えたかったし、感じたかった。そうでなくては自分は町の悪女性のようなものに好き放題振り回されるばかりだと思った。文豪の皆さんが残した文章は溺れる身がつかむ土手の柳の根のように、当時の私の目の前にうねっていたのである。

そして『小説 浅草案内』は誰が書くより真に迫っていた。ほんの少しずれただけの同時代を生きることが出来るからだったし、書き手自身が本当に住み着いてこそ書けるタイプの作品だったからでもあり、私は中に出てくる喫茶店をスーパーの買い物の途中で確認したり、観音裏に小唄の稽古に行く折などにわざわざ一本別な道を行って半村さんがふらりと出てこないかと思ったりもした。

私は柴又の隣町で育ったから本当に深く仲よくなった浅草の人たちには「ああ、在か」と鼻で笑われる。半村さんも生まれは下町ながらわずかに中心と外れた場所で過ごしたようだ。つまり私たちはともに下町の雰囲気は濃厚に知っていながらも「根なし草」で、おそらくだからこそ浅草により強く魅入られる。そこは江戸の昔から根なし草の生きる力を吸い込んで光り輝いてきた場所だからであり、三代以上そこに住む生粋の浅草人ならばこそ特にその「よそ者」の潜在能力を知っているのだと私は思う。しかしもちろん、もし「根なし草」が浅草にぞっこん惚れ、長く住み、いかにも浅草の人のようになってしまえば事情は変わる。紛れもない浅草人にとってはしょせん「根なし草」は「根なし草」であって、そうでなければ彼らに愛されることはないはずなのだ。だがだからといって、「根なし草」は浅草を憎むことは出来ない。自分の能力を最も見事に引き出してくれるのもまた浅草だから。

このジレンマの中に半村さんは生きたのである。生きて証拠を残した。

『浅草よ、私をこのままつかまえておいておくれ。私はお前が好きなのだ』

有名なラストの一文に私がジンジン感じるのは、その逃れがたく背反する二つの命題に引き裂かれる者の叫びだとわかるからだ。当然、実はそれは人間が生きる条件そのもの、人生の初めから終わりにまでつきまとう愛とアイデンティティが満たされぬという真実である。だからこの書を『人生案内』と呼び換えてもいいのだと私は思う。

そうした厳しい現実を前にして、けれどいまだ判決の下らない宙ぶらりんの、傷つかぬうちの一時の幸福を作者は描く。じんわりと苦く甘い感覚で私たちがこの「小説」を読むのは、きっといつか何かが作者に突きつけられるだろうと感じるからで、しかし半村良は一枚も二枚も上手だからそこまでは描かない。

そしていかにも浅草にありそうな会話を弾ませて様々な人物像を楽しげに書いてゆく。実際、半村さんは充実した日々を送っていたに違いない。「根なし草」は力に満ちて伸び、太陽をあおぐ。滋養も水も土地が限りなく与えてくれる。

そんな作品の中にこういう文がある。

『私は他との衝突を未然に回避するセンスを、「粋」と呼ぶのだと思っている。だから、「粋」は人ごみから生じたもので、あまり目立つのは「粋」なことではなかろう』

充実した日々の幸福の中で、半村さんがいかにきちんと「根なし草」としての分相応をわきまえようと警戒し続けていたか、私はこの部分でよくわかる。

下町に憧れる人はよく「粋」と言いたがる。しかしそう言いたがること自体、決して粋ではない。だから浅草人自体、それを避ける。避けて例えば「様子がいい」と言う。あるいは「あの人はさっぱりしてる」と言う。より感覚的に言い表すことで、「粋」のどこかうさん臭いレッテル効果を遠ざけるのだ。

ここに出てくる半村流の「粋の定義」、その独自な視点からの見事な切り込み方には工夫があり、浅草人の心を「おっ」と思わせる内実がある。「粋」と浮ついた言い方をし、中身がよくわからない「無粋《ぶいき》」を半村さんは周到に避けているのである。

まさに『あまり目立つのは「粋」なことではなかろう』という、細かい気配りがそこにはピリピリと張りつめている。いや気配り以上の、猛獣に食われぬように耳を澄ます生き物のごとき繊細さが、浅草で生きていく「根なし草」には必要不可欠だから。『その浅草を、私は少年時代の視点から、夢の町として見ていたのだろう。……それでは浅草が迷惑する』

とあるのは、だからこそ心にしみる文だ。

私自身もまた幼い頃から、正月に来る信じられないほど賑わった浅草に目を見張ったクチである。その賑わいが一時期すっかり去って、浅草人たちから「終わっていくこの町を見届けてくれ」とまで私は言われたし、その頃に半村さんも浅草に住み出したはずだ。

したがって現在の、外国人観光客含めて新しい賑わいを作り出した浅草を半村さんは見ていない。今世紀の初めに作者は俗世を去ってしまった。

とはいえ、浅草にはいまだに寂しさがある。独特の薄闇が誰かの境涯の浮き沈みをより濃く映し出してしまう壁や底辺がある。

浅草の輝きの真ん中に潜むそんな空隙を、このニヒルな中年男の語り口を持つ作品は、彼の『少年時代の視点』を隠すことで描いている。

つまり「根なし草」のやり方で。

本作品は「小説新潮」一九八七年九月号から一九八八年八月号に連載されました。一九八八年十月に新潮社から単行本が刊行され、一九九一年十月に新潮文庫に収録されました。

本書の中には現在では人権上の見地から不適切と思われる表現がありますが、執筆された時代状況や著者が故人であることなどから原文のままにしてあります。

ちくま文庫

小説《しょうせつ》 浅草案内《あさくさあんない》

二〇一七年四月十日　第一刷発行

著者　半村良（はんむら・りょう）

発行者　山野浩一

発行所　株式会社　筑摩書房

東京都台東区蔵前二―五―三　〒一一一―八七五五

振替〇〇一六〇―八―四一二三

装幀者　安野光雅

印刷所　株式会社精興社

製本所　株式会社積信堂

乱丁・落丁本の場合は、左記宛にご送付下さい。
送料小社負担でお取り替えいたします。
ご注文・お問い合わせも左記へお願いします。
筑摩書房サービスセンター
埼玉県さいたま市北区櫛引町二―六〇四　〒三三一―八五〇七
電話番号　〇四八―六五一―〇〇五三

ISBN978-4-480-43439-5 C0193